CHARLY DER BERBER
Satire von Karl Gengenbach

Der Autor

Karl Gengenbach

Impressum

Herstellung und Verlag:
BoD - Books on Demand, Norderstedt

ISBN 978-3-7357-5339-7

MIX
Papier aus verantwortungsvollen Quellen
Paper from responsible sources
FSC® C105338

OBDACHLOSE

Für die Obdachlosen gibt es verschiedene abwertende Bezeichnungen.

In Deutschland nennt man sie: Penner, Pennbruder, Heckenpenner, Stadtstreicher, Landstreicher, Landfahrer, Wermutbruder, Vagabund, Streuner, Herumtreiber, Strolch, Stromer, Tippelbruder oder Zigeuner.

In Österreich gebraucht man die Begriffe: Sandler, Strotter, Strabanzer, Strawanzer, Treber oder Trebegänger.

In der Schweiz spricht man vom Fecker. In Frankreich ist es der Clochard. In den USA kennt man ihn als Hobo oder Tramp.

Die offizielle Bezeichnung ist Wohnsitzloser oder Person ohne festen Wohnsitz. Manchmal wird auch die Bezeichnung Nichtsesshafter verwendet.

Als Berber bezeichnet man einen Wohnsitzlosen der durchs Land zieht und jeden Tag woanders ist. Manche überwintern im Süden (Italien, Spanien) und kommen im Sommer wieder in ihre Heimatstadt zurück. Unter Berbern und Stadtstreichern gibt es viele, die gar keine Wohnung mehr möchten.

Obdachlose insgesamt sind Menschen, die durch verschiedene Umstände ihre Wohnung verloren haben und jetzt mehr oder weniger gegen den eigenen Willen auf der Straße gelandet sind.

Obdachlose werden von den Behörden als erwerbsfähig eingestuft und erhalten deshalb Arbeitslosengeld II (Hartz IV).

Die Adresse eines Obdachlosen ist "o.f.W." (ohne festen Wohnsitz). Dort kommt der Postbote nicht hin. Also haben viele Obdachlose eine Postadresse bei einer öffentlichen Einrichtung, wo sie sich ihre Post abholen können. Dort gehen auch die diversen Behördenbescheide hin.

Mit dem Bankkonto verhält es sich anders. Zwar gibt es eine freiwillige Selbstverpflichtung der deutschen Banken und Sparkassen, jedem Bürger ein Bankkonto einzurichten, wenn er es wünscht. Dieses Konto kann als Guthabenkonto geführt werden. Das bedeutet, es kann nicht, auch nicht um einen einzigen Cent, überzogen werden. Trotzdem wird solch ein Konto den meisten Obdachlosen verwehrt.

Das ist ein großes Problem, wenn sie wieder sesshaft werden wollen, weil sie Strom, Gas und Wasser meistens bargeldlos bezahlen müssen.

Es gibt aber eine Ausweichlösung, die "Zahlstelle". Das Geld (z.B. Hartz IV) wird auf ein Drittkonto überwiesen (z.B. bei einer kirchlichen Organisation) und dann dem Obdachlosen ausgezahlt.

Obdachlose haben durchaus Angst vor Gewalt. Die Gewalttäter sind aber nicht nur "Nazis" sondern auch häufig ganz "normale" Jugendliche. Deshalb schlafen manche bewusst an öffentlichen Orten, weil dort Polizei und Wachdienste durch ihre Präsenz einen Schutz bieten. Andere wiederum schlafen nur in Gesellschaft anderer.

Übrigens, Obdachlose haben an 365 Tagen im Jahr Geburtstag.

*

Prolog

Mein Name ist Charly. Ich hatte einen guten Job und wohnte bei meiner Freundin. Ich reiste gerne in andere Länder und war ein richtiger Globetrotter. Das Leben war schön.

Ein Tag veränderte mein ganzes Leben. Mein Chef hatte mich zum Kegeln eingeladen. Das war eine gute Gelegenheit, auf der Karriereleiter eine Stufe nach oben zu kommen.

Ich war ein guter Kegler und hatte keine Mühe, meinen Chef zu besiegen. Nicht nur das, ich hatte ihn auf der Kegelbahn förmlich vernichtet und vor allen anderen blamiert.

Wie sich am nächsten Tag herausstellte, war das ein großer Fehler. Anstatt gefeiert, wurde ich vom Chef gefeuert. Was doch nur ein Buchstabe ausmacht.

Natürlich fand ich keine neue Arbeit mehr und nach einigen Wochen warf mich meine Freundin aus ihrer Wohnung. Ich war am Boden. Wenn du am Boden bist, wirst du bald feststellen, dass darunter noch ein Keller ist. Jetzt hatte ich auch keine Wohnung mehr und aus Charly dem Globetrotter wurde Charly der Berber. Mir fiel zu meiner Situation ein passender Spruch ein:

Wer das Pech sucht
stolpert im Grase,
fällt auf den Rücken
und bricht sich die Nase.

CHARLY DER BERBER

Mein Name ist Charly und ich bin ein Berber. Den Sommer verbringe ich im Süden und den Winter im Norden. Oder ist das umgekehrt? Ich bin ganz verwirrt.

Manchmal höre ich von anderen Leuten bei meinem Anblick Worte wie: Lumpensammler, Mausfallenhändler oder Schlappohriger Messdiener. Diese Worte tun weh. Ich bin weder das eine noch das andere. Ich bin ein Berber.

Vom Sozialamt bekam ich zwar "Stütze", aber davon konnte ich nicht leben. Deshalb war ich täglich in der Stadt unterwegs, auf der Suche nach weggeworfenen Pfandflaschen. Aber die Konkurrenz war groß und mit Greifern unterwegs, also besser ausgerüstet. Ich kam meistens zu spät.

Ich besorgte mir im Baumarkt auch einen Greifer und fand bald heraus, dass die besten Tage die Sonntage waren. Wenn Samstagabend die Jugendlichen ihre Feten feierten (Komasaufen) blieben meistens die leeren Flaschen zurück. Ich kannte auch schon die besten Plätze.

Für Plastikflaschen gab es immerhin 25 Cent pro Flasche. Für Glasflaschen bekam ich nur 8 Cent. Für leere Wodkaflaschen oder Weinflaschen gab es kein Pfand. Das war nicht schlimm, denn die Glasflaschen waren meistens schon zertrümmert.

Manchmal trug ich auch Prospekte von Möbelhändlern oder Supermärkten aus. Das war zwar schwere Arbeit, brachte aber schon einige Euro ein.

Ich versuchte es auch mit betteln. Hier war die Konkurrenz aus dem Osteuropäischen Raum besonders groß. Und von den Ordnungshütern wurde ich ständig von meinem Platz vertrieben. Betteln war ein hartes Brot.

Den Sommer verbrachte ich in meiner Heimatstadt. Hier hatte ich immer noch einige Bekannte und unter den anderen Obdachlosen fand ich neue Freunde. Im September, wenn die Nächte kalt wurden, zog es mich in den Süden. Nach Spanien oder Italien. Meistens fuhr ich auf Güterzügen mit. Da kam ich schnell an mein Ziel. Ich wurde zum echten Berber.

Im Süden bekam ich aber keine Stütze und Bettler haben es in Italien oder Spanien besonders schwer. Ich hatte aber einen Trick. Wenn ich bettelte hielt ich ein Schild in der Hand mit der Aufschrift: "Armer Teufel will zurück nach Deutschland". Leider hatte ich damit keinen Erfolg. Als ich das Schild italienisch bzw. spanisch beschriftete, wurde es besser.

Im April begann ich wieder mit der Heimreise, um den Sommer in meiner Heimatstadt zu verbringen. So begannen meine Erlebnisse in Pforzheim.

*

DER NASENBÄR

Ich hatte eine große Nase. Eine sehr große Nase. Ein Bekannter meinte einmal, ich hätte eine Nase wie ein Synagogenschlüssel. Ich hatte noch keinen Synagogenschlüssel gesehen und schaute deshalb im Internet nach. Der Schlüssel war riesig. Damit konnte man einen Menschen erschlagen.

Nachdem ich das mit dem Schlüssel verkraftet hatte wurde mir zugetragen, dass meine Kumpel mich hinter meinem Rücken "Nasenbär" nannten. Zuerst ärgerte ich mich über den Ausdruck. Dann sah ich im Zoo echte Nasenbären. Das waren ganz lustige und putzige Gesellen. Nach dem Zoobesuch fand ich den Ausdruck gar nicht mehr so schlimm.

Immer wenn ich auf meinen Zinken angesprochen wurde erwiderte ich:

Wie die Nase des Mannes,
so ist auch sein Johannes.

Oder:

Wie die Nase des Matthäus,
so ist auch sein Zabadäus.

Im Stillen revanchierte ich mich aber, indem ich meinen Kumpeln ebenfalls passende Tiernamen gab.

Anton nannte ich die **"Ameise"**. Nicht weil er so fleißig war, sondern weil er so klein war und ständig hin und her wuselte.

Bruno nannte ich den **"Bär"**. Bruno hatte starke Körperbehaarung und war groß und kräftig. Er hatte Hände wie Kohlenschaufeln. Außerdem bedeutet Bruno im althochdeutschen ebenfalls "Bär. Das passte also.

Norbert nannte ich **"Nilpferd"**. Norbert war körperlich gut beieinander. Ja man könnte sagen, er war dick. Genau genommen war er fett. Sein Kampfgewicht lag bei Zwei Zentner und 50 Kilo. Außerdem hatte er ein großes Maul.

Robert nannte ich die **"Ratte"**. Robert war listig und schlau und wie der Bayer sagen würde "hinterfotzig". Er sah auch ein bisschen wie eine Ratte aus.

Dann war da noch **Eddy** der **"Esel"**. Eddy hatte große Schlappohren und benahm sich manchmal auch wie ein Esel.

Felix nannte ich das **"Meerschweinchen"**, weil er mich immer an ein Meerschweinchen erinnerte. Außerdem heißen fast alle Meerschweinchen Felix.

Natürlich durfte ich nicht **Sepp** das **"Stinktier"** vergessen. Sepp hatte einen strengen Körpergeruch. Obwohl er mindestens einmal im Monat badete. Der Name Stinktier drängte sich förmlich auf.

Ingo dagegen hatte einen großen Garten und war ständig am buddeln und umgraben. Ingo war deshalb der **"Maulwurf"**.

Dann gab es da noch **Willy**. Der hatte einen kleinen Kopf und eine eingedrückte Nase. Er bekam den Namen "**Mops**".

Fast hätte ich noch **Olaf** vergessen. Olaf hatte an den unmöglichsten Körperstellen Warzen und war darüber sehr unglücklich. Trotzdem bekam er den Namen "**Warzenschwein**".

Konrad war sehr aufbrausend und jähzornig. Bei der kleinsten Aufregung war er sofort auf 180 und fing zu brüllen an. Ihn nannte ich "**Brüllaffe**".

Auch **Timo** hätte ich fast vergessen. Timo hatte eine ganz spitze Nase und Knopfaugen. Ganz klar, Timo war die "**Spitzmaus**".

Der letzte im Bunde war **Max**. Max war ein notorischer Lügner. Alles was er erzählte war, wie sich später herausstellte, gelogen. Für ihn hatte Ich einen besonderen Namen "**der ehrliche Max**". Er war der Einzige, zu dem mir kein Tiernamen einfiel.

*

MEIN DILLWEIßENSTEIN

Zuerst besuchte ich den Stadtteil Dillweißenstein. Ich begann an der Bogenbrücke. Gleich unterhalb der Brücke war eine kleine Grünanlage. Ursprünglich als Kinderspielplatz gedacht. Nachdem darauf aber keine Kinder spielten, nahmen Jugendliche den Platz in Besitz und feierten abends dort ihre Feten.

Dort fand ich aber nur leere Wodkaflaschen und leere Zigarettenschachteln. Leider war kein Papierkorb in der Nähe, sonst hätte ich den Müll entsorgt. So musste ich alles liegenlassen. Auf einer Sitzbank sah ich einen Fremden. Als ich näher trat erkannte ich ihn. Es war Sepp "das Stinktier". Sepp war im besten Alter, also scheintot. Er rührte sich nicht. Ich trat näher und rüttelte ihn an der Schulter:

He, biste tot?
Ne, warum?
Weil du so stinkst.
Blödmann.

Ich setzte mich neben Sepp, schaute ihn genau an und meinte:

Du siehst ja schlimm aus.
Das kommt von der Arbeit.
Warum?

Ich habe 6 Monate bei einer Fertighausfirma gearbeitet und jeden 2. Tag hatten wir Richtfest. Das hält keiner auf Dauer aus, deshalb habe ich gekündigt.

Ich wollte schon wieder aufstehen, dann fragte ich ihn doch noch:

Ich habe gehört, du bist Vater geworden? Gratuliere.
Das stimmt nicht ganz, ich bin nicht Vater geworden, aber meine Frau ist Mutter geworden. Trotzdem Danke.

Nun ging ich weiter, links waren das Nagoldfreibad und rechts das "Storchennest" eine große Wohnanlage aus den Dreißiger-Jahren Unterhalb des Freibades war der Entensteg. Hier trafen sich Abend für Abend Jugendliche. Ich sah an den herumliegenden Flaschen und Verpackungen, dass sie auch am gestrigen Abend wieder hier waren. Einige Colaflaschen waren noch brauchbar und ich steckte sie in meinen Beutel. Dann ging ich weiter bis zur Nagoldhalle.

Vor der Halle stand einst die Baracke der französischen Garnison. Später wurden darin Schüler unterrichtet. Ich erinnerte mich an meinen Zeichenunterricht. Unser Zeichenlehrer widmete sich besonders den Schülern, die nicht zeichnen konnten. Da blieb er dann oft die ganze

Zeichenstunde bei einem Schüler sitzen. Da uns anderen Schülern langweilig war, stiegen wir heimlich aus dem Fenster und gingen runter zur Nagold um Krebse zu fangen. Kurz vor Ende der Zeichenstunde kamen wir zurück. Der Lehrer hatte nichts bemerkt.

Während ich mich erinnerte, war ich weitergegangen. Hier musste doch das Stauwehr sein. Wir nannten das früher Polder. Doch da war nichts mehr zu sehen. Vor etwa 40 Jahren hatte man begonnen, die Nagold zu verändern um die Fließgeschwindigkeit des Wassers zu erhöhen. Dabei wurden alle Stauwehre zwischen Unterreichenbach und Pforzheim abgebaut. Lediglich das Wehr hinter der Bogenbrücke blieb erhalten. Der Plan funktionierte. Das Wasser floss schneller. Besonders bei Hochwasser machte sich das bemerkbar. Die Überschwemmungen gingen rapid zurück.

Dieselben Maßnahmen wurden auch an anderen Flüssen durchgeführt. So erreichten die Wassermassen schneller den Rhein oder die Mosel und verursachten dort große Überschwemmungen. Man hatte das Problem also einfach verlagert.

Und es gab ein weiteres Problem. Von den Fischen im Fluss gab es keine Nachkommen, weil der Laich einfach weggeschwemmt wurde. So mussten die Fischer jedes Jahr Fische kaufen und im Fluss einsetzen.

Inzwischen hat man die Probleme erkannt und ist dabei, die Nagold wieder zurückzubauen. Man nennt das Renaturierung oder so ähnlich. Mit Baggern werden entlang des Flusslaufes kleine Mulden am Ufer herausgebaggert. Sogenannte Laichkuhlen. Damit sich die Fische wieder vermehren können. Mit Erfolg, wie man sieht. Alle Hundert Meter sitzt ein Reiher am Ufer und lässt sich die Fische schmecken. Und was der nicht erwischt, holen die Kormorane. In meiner Jugend habe ich weder Reiher noch Kormorane gesehen. Wie sich die Welt doch verändert hat.

Nach meinem Ausflug in die Vergangenheit ging ich wieder zurück zum Entensteg, denn ich wollte ja auf die andere Seite der Nagold. Am Bildstöckle vorbei kam ich auf den Geißenweg. Hier waren in regelmäßigen Abständen Sitzbänke aufgestellt und da würde ich sicher auch leere Flaschen finden.

Schon auf der ersten Sitzbank saß ein Mann. Der mir bekannt vorkam. Als ich näher trat erkannte ich ihn, es war Bruno "der Bär". Er sah auch aus wie ein gemütlicher Teddybär, er war fett, hässlich und behaart. Ich sah ihn genauer an und meinte:

Du siehst aber schlecht aus. Bist du krank?
Ja, ich war beim Arzt und der hat bei mir eine Organverschiebung festgestellt.

Eine Organverschiebung? Das habe ich noch nie gehört. Was ist das?
Meine Leber ist im Arsch.

Dann erzählte er weiter:

Stell dir vor, ich war 3 Tage im Krankenhaus. Da waren tolle Schwestern, alles war blitzsauber und jeder Patient hatte einen Spitznamen.
Einen Spitznamen?
Oh, ja, der stand auf der Tafel am Bett. Mein linker Nachbar hieß "Appendix" und mein rechter Nachbar "Angina pectoris"
Und was stand bei dir?
"Delirium Tremens".

Ich wollte ihn etwas aufmuntern und holte ein Flasche Wein aus meinem Rucksack.

Möchtest du einen Schluck aus der Weinflasche?
Nein Danke, ich trinke nur noch Apfelwein.
Den Apfel kenne ich, er wächst auf dem Feld und heißt Kartoffel.

Dann ging ich weiter, vorbei am Katzensteg, bis zur Schutzhütte des Schwarzwaldvereins. Ich befand mich also hier schon auf einem Stück des

Westweges, des bekanntesten Fernwanderweges in Deutschland.

Stand hier nicht mal der Schafstall? Wenn wir Kinder früher fragten, was hier mit den Schafen oder Geißen gemacht wird, sagte man uns: die bekommen die Zähne geschliffen. Natürlich glaubten wir das. Erst später erfuhren wir, dass dort die Schafe und Geißen zum Bock geführt wurden. Was immer das auch heißen mag.

In der Schutzhütte roch es ekelhaft nach Urin und Fäkalien. Trotzdem hatte es sich dort ein Mann bequem gemacht, den ich sofort erkannte. Es war Olaf "das Warzenschwein". Ich setzte mich, trotz des Gestankes, zu ihm und fragte:

> Na Olaf, was machst du so?
> *Nichts.*
> Tolle Beschäftigung.
> *Ja, aber die Konkurrenz ist groß.*

Dann erzählte Olaf:

> Stell dir vor, ich habe gestern auf der Straße eine Brieftasche mit 1000 Euro gefunden.
> *Prima, da können wir ordentlich einen draufmachen.*
> Denkste, ich habe sie dem Besitzer zurückgebracht und dafür 20 Euro bekommen.
> *Du Rindvieh, hättest du sie zu mir gebracht, hätte ich dir 100 Euro gegeben.*

Nun fielen mir erst seine Schuhe auf:

Du trägst ja immer noch die alten Latschen? Geh doch zum Roten Kreuz, da bekommst du neue Schuhe.
Da war ich ja, aber die hatten nur Arbeitsschuhe.
Aber, du hast doch bestimmt noch deine Hochzeitsschuhe?
Die Schuhe nicht mehr, aber die Schachtel habe ich noch.

Nun war es Zeit aufzubrechen. In dieser Schutzhütte konnte ich vielleicht übernachten. Als Berber hat man es nicht leicht, einen Schlafplatz zu finden.

Nach einigen Schritten erreichte ich die Steinerne Brücke. Auf der Brücke überquerte ich die Nagold und kam auf den Ludwigsplatz, das Zentrum von Dillstein. Hier war auch der Supermarkt, wo ich meine Pfandflaschen abgeben konnte. Der Ertrag war dürftig und reichte gerade zu einem Vesper.

Auf dem Platz traf ich einen alten Schulkameraden. Es war Timo "die Spitzmaus". Timo bezeichnete sich als kultiviert. Für mich bedeutet das, er kann mit Messer und Gabel essen.

Er hatte ein Muskelshirt an. Es sah aus, als würden rechts und links zwei Strohhalme aus einem Regenfass rauschauen. Er warf 10 Cent in den Briefkasten, schaute hoch auf die Uhr und sagte:

Verdammt, schon wieder zwei Kilo zugenommen.

Offensichtlich war er nicht mehr ganz nüchtern. Ich trat auf ihn zu und stichelte:

He Timo, warst du früher nicht schwul?
Bin ich heute noch.
Und dein Bruder?
Der ist auch schwul.
Aber einer von euch hatte doch eine Freundin?
Das war meine Schwester.

Nach einigen Stunden, es war inzwischen dunkel geworden, suchte ich nach einem Schlafplatz. Ich erinnerte mich an die Schutzhütte auf der anderen Seite der Nagold, nahm meinen Schlafsack und machte mich auf den Weg. Als ich der Hütte näher kam sah ich, dass diese von Jugendlichen besetzt war. Das erklärte auch den Gestank. Hier konnte ich nicht schlafen.

Schließlich stieg ich den Berg hinauf zum Friedhof. Dort fand ich ein ruhiges Plätzchen und die Nachbarn würden mich bestimmt nicht stören.

Natürlich macht man sich auf einem Friedhof schon mal Gedanken. Wenn es soweit ist, wie sollte man sich bestatten lassen. Erdbestattung oder Feuerbestattung. Oder gar eine Bestattung auf See?

Ich habe das mit mir schon lange entschieden. Ich lasse mich mal senkrecht bestatten. Dann kann später keiner sagen: da liegt sie, die faule Sau. Jawohl.

Vielleicht lasse ich mich auch mit dem Gesicht nach unten beerdigen. Dann kann mich die ganze Welt am Arsch lecken.

Am nächsten Morgen wollte ich den Friedhof verlassen, achtete aber nicht auf meine Umgebung. Plötzlich stolperte ich und fiel in ein neu geschaufeltes Grab. Ich rief um Hilfe, aber es war noch niemand auf dem Friedhof. Nach einer Stunde kam ein Friedhofsgärtner vorbei und hörte mein Rufen und meine Flüche. Er schaute in das offene Grab, sah mich liegen und meinte:

Hör auf zu jammern, bist selber Schuld, dass man dir die Kiste geklaut hat.

Dann ging er einfach weiter, ohne mir zu helfen. Inzwischen war ich vor Erschöpfung in der Grube eingeschlafen. Als ich erwachte war es bereits Mittag und ein Trauerzug ging gerade vorbei. Einige Männer halfen mir aus meiner

misslichen Lage und schleppten mich mit zur Beerdigung.
Der Pfarrer hielt gerade seine Grabrede über den Verstorbenen:

Sein Name war Kampf und sein ganzes Leben war Kampf. Er kämpfte von morgens bis abends, er hörte nie auf zu kämpfen.

Ich musste bereits gähnen, da stupste mich einer der Trauergäste an und flüsterte:

Meine Grabrede dürfte der nicht halten.
Wieso?
Ich heiße Vogel.

Ich verließ den Friedhof und ging den Otterstein runter zum Ludwigsplatz in Dillstein. Plötzlich hörte ich jemand "Charly" rufen. Wer das wohl sein mag? Ich drehte mich um und sah, dass ein Rentner seinen Dackel gerufen hatte.
Beim Brunnen am Ludwigsplatz saß Olaf. Neben sich hatte er einen Kasten Bier stehen. Ich fragte ihn:

Wieviel Bier trinkst du so am Tag?
So 6 bis 8 Flaschen.
Ich könnte nicht mal soviel Wasser trinken.
Das könnte ich auch nicht.

Diesen Tag verbrachte ich in Dillstein und am Abend ging ich nochmal hinauf zum Friedhof. Die erste Nacht war zwar nicht gut verlaufen, aber ich hatte noch keinen anderen Schlafplatz gefunden. Diesmal passte ich jedoch auf. Ich wollte nicht nochmal in die Grube fallen.

Mir ist zwar vieles schon passiert, aber sowas noch nicht.

*

IM STADTGARTEN

Am nächten Morgen wurde ich früh geweckt. Um mich herum war reger Betrieb. Wer geht denn schon morgens um sechs Uhr auf den Friedhof? Ich packte meinen Schlafsack und ging zur Toilette. Die war tatsächlich nicht verschlossen.

Heute wollte ich den Stadtgarten besuchen. Dort traf ich sicher Bekannte. Dort gab es auch eine Toilette, die tatsächlich von Mai bis Oktober geöffnet ist.

Ich überquerte die Bahngleise und ging den Otterstein runter. Dann kam ich am Pfarrhaus (ehemals Villa Wittenauer) vorbei, einem der schönsten Häuser Pforzheims. Hier könnte ich klingeln und um eine milde Gabe bitten. Obwohl, im Gegensatz zu katholischen Geistlichen sind die evangelischen etwas geizig. Die halten dir erst einen Vortrag über Martin Luther und dann bekommst du einen Tipp, wo du Arbeit findest, aber nichts zu essen. Die Entscheidung wurde mir abgenommen. Der Pfarrer wohnte hier gar nicht mehr. Im Vorgarten war ein Schild "zu verkaufen". So schlecht geht es der Kirche, dass sie schon ihr Pfarrhaus verkaufen muss.

Ich ging weiter den Berg hoch und kam auf die Friedenstraße. Bei der ersten Abzweigung ging ich wieder den Berg runter und kam an einer Sitzbank vorbei, auf der saß ein Mann mit einem kleinen Kopf und mit eingedrückter Nase. Natürlich, das war Willy "der Mops". Er erkannte mich sofort und rief:

He Charly, stell dir vor, ich habe mir jetzt ein Hörgerät zugelegt. Das ist so klein, dass man es nicht sieht.
Prima. Und was hat es gekostet?
Nein es rostet nicht.

Dann sagte er mit stolzer Stimme:

Ich habe jetzt Prokura?
Und was sagt dein Arzt dazu?

Nun war es Zeit, wieder aufzubrechen. Ich ging weiter bis zum Seegersteg. Den ließ ich rechts liegen und ging weiter bis zur Davosbrücke. Die ließ ich ebenfalls rechts liegen und ging auf dem Davosweg weiter. Vorbei an den Tennisplätzen des ersten Pforzheimer Tennisclubs. Hier waren früher nur Fabrikanten und Unternehmer als Mitglieder erwünscht. Ein einfacher Arbeiter hatte keinen Zutritt. Die Großkopfeten wollten unter sich sein. Außerdem sollten die Fabrikantentöchter keinen Kontakt zu einem Arbeiter bekommen. Die Zeiten haben sich geändert. Heute nehmen sie jeden auf, der die Aufnahmegebühr zahlt.

Ich kam am "Nagoldblick" vorbei, der Vereinsgaststätte. Dann ging ich weiter bis zur Kallhardbrücke (früher Hindenburgbrücke). Unterwegs wurde ich ständig von Radfahrern überholt. Die neuen Fahrräder sind so leise, dass man nichts hört. Und Klingeln haben die meisten sowieso nicht. An die Fahrräder konnte man sich gewöhnen, aber nicht an die Lastwagen und Traktoren der Stadt Pforzheim, die hier auch unterwegs waren. Und das auf einem der beliebtesten Wanderwege Pforzheims. Entsprechend sah der Davosweg auch aus. Schlagloch reihte sich an Schlagloch. Gut, dass ich stabile Stiefel anhatte.

Die jungen Frauen mit ihren Kinderwagen, sah ich auf dem Radweg. Auf dem Davosweg konnten die nicht gehen. Da würde das Baby zu sehr durchgeschüttelt werden. Das erklärte auch, warum die Radfahrer nicht auf dem Radweg fuhren. Dort waren nicht nur Kinderwagen unterwegs, sondern auch Hundebesitzer. Und davon gab es viele.

Bis zur Brücke war es noch ein gutes Stück und ich legte erstmal eine Pause ein. In regelmäßigen Abständen waren Sitzbänke. Ich suchte mir eine aus von der ich das Treiben auf der Wiese beobachten konnte. Plötzlich kam eine sehr gut aussehende Dame vorbei. Scherzhaft rief ich ihr zu:

Würden Sie für 300 Euro mit mir ins Bett gehen?
Sind Sie verrückt? Für kein Geld der Welt würde ich mit ihnen schlafen.
Schade, ich hätte das Geld gut gebrauchen können.

Die Dame rauschte empört weiter und ich blieb noch eine Weile sitzen, bis ich wieder Kraft hatte. Dann ging ich weiter.

Bei der Kallhardbrücke überquerte ich die Straße und kam am Goldschmiedsbrunnen vorbei. Kurz vor dem Eingang zum Stadtgarten stand ein großer Taubenschlag mit über Hundert Tauben. Am Taubenschlag vorbei kam ich auf einem kleinen Steg über den Metzelgraben. Hier zweigt ein Teil der Nagold ab und fließt am Stadtgarten entlang. Bei der Herz-Jesu-Kirche fließt er unter der Straße durch in die Enz. Hier ist also bereits der erste Zusammenfluss von Nagold und Enz.

Ich betrat den Stadtgarten und bewunderte die Magnolienbäume (Trompetenbäume), die in voller Blüte standen. Rechts sah ich die Schneckenreiter, ein bekanntes Standbild aus Granit. Einige Schritte weiter stand der Schildkrötenreiter, ebenfalls aus Granit. Der stand Jahrelang auf der Rasenspitze am Kupferhammer, also am Stadteingang. Bis er umgesiedelt wurde.

Links sah ich das Denkmal des Eisernen Kanzlers Bismarck, der war aber aus Bronze. Ich ging weiter, vorbei an den alten Platanen mit ihren dicken Stämmen und erreichte die Toilette. Das war auch notwendig. Nach der Toilette kam eine Gruppe mit mehreren Sitzbänken. Dort saßen einige bekannte Gesichter. Konrad "der Brüllaffe", Anton "die Ameise", Norbert "das Nilpferd" und Robert "die Ratte". Da konnte ich nicht vorbeigehen und setzte mich zu ihnen.

Während wir so gemütlich beieinander saßen meinte Norbert: Hier stinkt's. Gelassen erklärte Anton: das sind die Hundsviecher unter'm Tisch. Ich beugte mich hinunter und sah nach: da sind gar keine Hunde. Darauf Konrad: die werden schon noch kommen. Und Anton erklärte:

Frauen beurteilen Männer nach dem Geruch. Am besten, du stinkst nach Geld.

Inzwischen hatte sich ein Fremder zu unserer Runde gesetzt. Kaum hatte er den Mund aufgemacht, wussten wir schon, ein Sachse, ein Ossie. Der kam uns gerade recht. Nachdem wir uns mehrmals auf seine Kosten amüsierten, hatte er genug:

Wenn ihr mir nocheenmal gegen das Schienbein drädet, meinen Schnabs weg-

saufd und midm Finger in mein Bier didschd, denn sezzch mich wech.

Das ließ uns natürlich völlig unberührt und wir machten einfach weiter. Nun setzte er sich doch auf die nächste Bank. Da saß er nun, ganz alleene.
Norbert ließ ihn aber nicht in Ruhe und fragte:
He Ossie, wie lernt man eigentlich deinen komischen Dialekt?
Dief Luft houlen, Undergiefer vorschiem, de Gusche ganz brait machen, und denn loofen lassen.

Nun stichelte auch noch Robert:

He Ossie, was ist der Unterschied zwischen einem Fuchs und einem Ossie?
Keene Ahnung.
Der Fuchs ist schlau und stellt sich dumm, der Ossie macht es anders rum.

Nun ließen wir den Ärmsten in Ruhe und wandten uns wieder unseren hochinteressanten Gesprächen zu. Konrad sagte zu mir:

Stell dir vor, ich habe vor einer Stunde eine Taube hier im Park gesehen, die stand auf dem Kopf.

Du willst mich wohl auf den Arm nehmen. Eine Taube steht doch nicht auf dem Kopf?
Doch, auf dem Kopf vom Bismarckdenkmal.

Nun wandte sich Anton an mich. Anscheinend legte er auf mein Urteil großen Wert:

Meine Nase ist feuerrot, was kann ich dagegen tun?
Wenn sie von Geburt an rot ist, kannst du nichts machen. Ist sie aber rot vom Saufen, dann musst du einfach weiter saufen. Mit der Zeit wird sie dann violett.

Konrad mischte sich ein:

Das stimmt, du hast vom Saufen schon eine richtige Alkoholnase bekommen. Leg doch mal einen Blutegel drauf. Das hilft bestimmt.
Anton: Habe ich doch schon getan. Das Tierchen ist einfach runtergefallen.
Ach, dann war es wohl tot?
Nein, total betrunken.

Norbert hatte sich bisher sehr zurückgehalten. Ich sah ihn an. Er war gut beieinander. Eigentlich war er dick. Genauer gesagt, er war fett. Deshalb hatte ich ihm auch den Namen Nilpferd gegeben.

Er zeigte mir ein Röhrchen mit lauter winzigen Pillen. Das waren sicher ein paar hundert, wenn nicht sogar tausend.

Wie viele musst du davon nehmen?
Gar keine. Ich muss sie täglich 3-mal auf den Boden schütten und alle wieder einsammeln.
Das ist doch bestimmt sehr anstrengend?
Bis jetzt nicht. Nächste Woche fange ich damit an.

Inzwischen hatten sich einige Kumpel über Norberts Körperfülle lustig gemacht. Darauf rief Norbert beleidigt:

Na schön, ich bin dick, aber ihr seid hässlich. Ich kann abnehmen und was macht ihr?

Alle machten betretene Gesichter, ich auch. Schnell wandte ich mich an Robert:

Du hast dich doch neulich um eine Stelle im Rathaus beworben. Was machst du jetzt?
Gar nichts. Ich habe die Stelle bekommen.

Nun meldete sich Anton nochmal zu Wort:

Stellt euch vor, als ich Gestern heimging war es schon nach 5 Uhr in der Früh. Um meine Alte nicht zu stören, habe ich mich schon auf der Treppe ausgezogen, die Kleider über den Arm genommen und bin vorsichtig die Treppe hinaufgeschlichen.
Und, wie ist es ausgegangen?
Schrecklich. Als ich oben war, stand ich am Hauptbahnhof.

Von der Sitzbank aus hatten wir einen Blick auf das Schmuckmuseum. Auf einen Besuch musste ich aber verzichten. Ich war nicht angemessen gekleidet.

Auf einer Bank weiter vorne saß eine aufgetakelte große Dame. Der kleine Anton ging zu ihr hin und fragte: *na Süße, wie ist die Luft da oben?* Sie schnüffelte in der Luft und meinte: *es stinkt nach Zwergen.*

Nachdem sie eine Zeit lang unsere anzüglichen Bemerkungen ertragen hatte platzte ihr nun der Kragen. Sie stand wütend auf und rief:

Na schön, ich bin vielleicht keine Naturschönheit, aber ihr seid alle Naturkatastrophen.

Dann rauschte sie davon.
Nun stand ich auf und verließ die Runde. Im ganzen Stadtgarten fand ich keine einzige Pfand-

flasche. Das lag nicht daran, dass dort keine Flaschen herumliegen, sondern dass ich spät unterwegs war. Hier taucht die Konkurrenz bereits am frühen Morgen auf und grast das Gelände ab.

Deshalb ging ich weiter bis zur Werderbrücke. Auf der Brücke war starker Verkehr. Deshalb unterquerte ich die Brücke und kam auch schon zur Stadtkirche. Bei der Stadtkirche musste ich mich links halten. Ich wollte ins Zentrum und nach wenigen Metern stand ich vor dem Goldschmiedesteg.

Moment mal, dachte ich, hier in der Kirche gibt es doch billiges Essen. Ich drehte sofort um und ging hinein. Ein freiwilliger Helfer stellte mir einen Teller auf den Tisch. Ich schaute das Essen genau an und meckerte:

He, in meinem Essen sind Kakerlaken.
Helfer: Was fällt euch ein, ab in die Küche.
Ist das alles, was sie mit den Viechern unternehmen?
Helfer: Und ihr habt eine Woche Fernsehverbot.

Ich dachte, hier werde ich nicht mehr oft speisen und ging weiter, die Enz entlang bis zum Nonnenmühlsteg. Hier überquere ich die Enz und kam auch gleich am Parkhotel vorbei zur Stadthalle (Congresscentrum). Hier konnte ich auf der Gernika-Brücke die stark befahrene Straße gefahrlos überqueren. Leider soll die Brücke abgerissen werden.

Ich ging am Rathaus vorbei und stand auf dem Marktplatz. Hier begann auch schon die Fußgängerzone, auch scherzhaft Busgängerzone genannt. Nun stand ich auf dem Leopoldplatz, dem eigentlichen Zentrum von Pforzheim. Von dem Platz vor den Schmuckwelten hat man eine herrliche Aussicht. Hier sieht man bis zur Nordsee.

Im Zentrum traf ich sicher einige Bekannte. Ich schaute mich um und da saß einer auf dem Boden, vor sich ein Pappbecher mit einigen Münzen. Es war mein alter Kumpel Eddy "der Esel".

Ich stellte mich vor ihn hin und meinte: *in Deutschland muss doch keiner auf der Straße sitzen, also steh auf.* Eddy blieb sitzen und jammerte:

Jeden Tag verlangt mei Frau mehr Geld von mir.
Was macht sie denn damit?
Des weiß i net, i geb ihr ja koins.

Ich ließ den armen Kerl sitzen und ging weiter. Dabei stolperte ich über eine hochstehende Steinplatte. Ein Polizist hatte das beobachtet und kam auf mich zu:

Na, wieder mal besoffen?

Ich auch, Herr Wachtmeister.

Dann ging ich schnell weiter. Mein alter Schlafsack war ziemlich ramponiert und ich brauchte dringend einen neuen. Ich ging ins Kaufhaus, in die Sportabteilung. Dort suchte ich mir einen neuen Schlafsack aus und ging zur Kasse.

Da es die einzige Kasse war, die geöffnet hatte, stand davor eine Schlange. Vor mir stand ein Ossie und meckerte:

Schlange schdäähn, Schlange schdäähn, dafür ham wa nich rübergemacht.

Vor ihm dreht sich ein Türke um und meinte:

Wir euch nix gerufen.

Endlich kam ich dran. An der Kasse stand ein Azubi:

Wie wollen Sie bezahlen? Mit Kreditkarte, Mastercard, Eurocard?
Ich zahle bar.
Moment, Barzahlung? Da muss ich erst den Manager fragen, wie man das macht.

Mit dem neuen Schlafsack ging ich einen Stock tiefer in die Hemdenabteilung. Ich brauchte dringend ein neues Hemd und hatte sogar noch etwas Geld dafür übrig. Die Verkäuferin sah mich misstrauisch an.

Ich hätte gern ein Hemd, so wie meines.
Bedaure, wir haben nur saubere Hemden.

Nachdem das geklärt war ging ich weiter zum Busshop an der Poststraße. Die Verkehrsbetriebe hatten je ein eigenes Fundbüro.

Ich habe gestern zwei Flaschen Schnaps im Bus liegenlassen. Wurden die abgeliefert?
Nein, aber der Mann, der sie gefunden hat.

Inzwischen war es bereits später Nachmittag und ich musste mich langsam nach einem Schlafplatz umsehen. Die besten Plätze waren bereits von Ansässigen belegt. Schließlich fand ich doch noch einen Platz im Gelben Haus am Marktplatz. Hier waren Passagen mit kleinen Nischen und die meisten Läden standen leer oder waren am Abend geschlossen. Hier konnte ich nächtigen und zur Toilette am Leopoldplatz war es nicht weit.

*

SÜDSTADT

Heute wollte ich mal in die Südstadt. Ich ging vom Gelben Haus geradeaus weiter, die Zerrennerstraße entlang bis zur Rossbrücke und weiter bis zur Goethebrücke. Da war auch schon die Jahnhalle.

Vor der Jahnhalle stand ein Bautrupp. Der Vorarbeiter rief laut zu seinen Leuten:

Jetzt packt alle nochmal richtig an und reißt die Straße bis heute Abend komplett auf. Ihr wisst ja, ab Morgen haben wir 5 Wochen Betriebsferien.

Ein alter Mann wollte die Straße überqueren, traute sich aber nicht, wegen der vielen Autos. Ich packte seinen Arm, brachte den Alten über die Straße und dann um die Ecke.

Weiter ging's bis zum Turnplatz (früher Platz der SA) und weiter auf der Jahnstraße bis zur Einmündung der Schwarzwaldstraße. Dort kam ich durch die Hohlstraße und stand plötzlich auf der Bleichstraße.

Auf der rechten Seite der Bleichstraße standen noch die alten Patrizierhäuser, die im Krieg nicht zerstört wurden. Hier kann man billige Wohnungen mieten oder kaufen. Im sechsten Obergeschoß, ohne Fahrstuhl. Inzwischen wohnen in der Straße fast nur noch Migranten.

Als ich gerade über die Straße wollte, fuhr ein Stadtbus vorbei. Ein Mann rannte keuchend hinterher. Ich rief ihm zu:

Den kriegen Sie nicht mehr.
Ich muss, ich bin der Fahrer.

Auf der Bleichstraße sah ich plötzlich den dicken Norbert. Er saß tatsächlich auf einem Pferd und ritt gemächlich an mir vorbei. Am Halfter führte er ein zweites Pferd mit. Überrascht glotzte ich ihm nach:

Ich wird verrückt, du reitest ins Büro?
Was soll ich machen, die haben schon wieder die Busfahrpreise erhöht.
Ja, aber was machst du mit dem zweiten Pferd?
Mann, du weißt doch, dass ich am Leopoldplatz umsteigen muss.

Von der Bleichstraße aus führen einige Querstraßen zum Stadtgarten. Egal welche man benutzt, man landet immer im Stadtgarten. Also verbrachte ich den Nachmittag mal wieder im Park.

Hier traf ich bestimmt wieder einen Bekannten und ich musste nicht lange gehen. Bereits auf der ersten Sitzbank saß Ingo "der Maulwurf". Als er mich sah schimpfte er laut los:

Also, ich geb keinem Bettler mehr was. Vorher hat mich einer um Geld angebettelt. Er hätte kein Geld für Essen und solchen Hunger. Ich hatte kein Geld dabei, aber einen Banane, die ich eigentlich selbst essen wollte. Trotzdem gab ich ihm die Banane und ging weiter. Als ich mich umdrehte sah ich, wie der Kerl meine Banane in den Papierkorb warf.

Eigentlich wollte ich ihn anpumpen, aber das erschien mir nun keine gute Idee mehr. Also ging ich weiter.

Heute wollte ich unbedingt noch zum Enzauenpark. Ich machte mich also auf den Weg und erreichte nach wenigen Minuten die Werderbrücke. Die Jahnstraße überqueren war mir zu gefährlich. Darauf war in beiden Richtungen starker Verkehr. Ich konnte aber auf einem schmalen Fußweg unter der Brücke durchgehen. Als ich den tiefsten Punkt erreichte stand ich im Wasser. Die Nagold führte noch etwas Hochwasser und der Weg war überflutet. Zurück wollte ich nicht, deshalb latschte ich einfach durch das Wasser. Zum Glück war es nicht tief und gleich ging es auch schon wieder bergauf. Bald stand ich vor der Stadtkirche.

Auf einer großen Tafel stand, dass hier das Schachtbauwerk Enzdüker errichtet worden war. Warum das Enzdüker hieß, obwohl es an der

Nagold gebaut wurde, war mir ein Rätsel. Aber man muss ja nicht alles verstehen.

Ich ging weiter zum Lindenplatz. Dort gab es viele Papierkörbe und auch reichlich leere Flaschen. Dachte ich. Leider war ich aber zu spät dran. Die einzigen Flaschen, die ich fand, waren Pfandfrei oder saßen auf einer Bank. So ein Mist. Auf der nächsten Bank saß mein alter Kumpel Konrad. Er sah ganz käsig aus.

> Du siehst ja furchtbar aus. Was ist passiert?
> *Ich wollte auf dem Parkplatz Sprit von einem Wohnmobil klauen.*
> Und, hat es nicht geklappt?
> *Anfangs schon. Ich hatte einen Kanister und einen Schlauch und steckte ihn in die Tanköffnung. Dann sog ich mit dem Mund daran.*
> Da hast du doch alles richtig gemacht?
> *Beinahe. Ich hatte den Schlauch irrtümlich in den Toilettentank gesteckt.*

Angeekelt schüttelte ich mich, ging weiter und überquerte die Auerbrücke. Das Denkmal, mitten auf der Brücke, war sehr beeindruckend. Es sollte wohl einen Flößer darstellen. Aber was ein nackter Mann ohne Kopf und ohne Arme mit einem Flößer zu tun hat, verstand ich nicht. Ich hatte mir einen Flößer immer mit einem großen

Schlapphut und langen Stulpenstiefeln vorgestellt. Trotzdem, das Denkmal war beeindruckend.

Am Brückengeländer lehnte Felix "das Meerschweinchen".

Hallo Felix, was treibst du so?
Ich arbeite jetzt als Spion.
Das gibt's doch nicht. Erzähl mal.
Das ist verdammt schwer. Ich muss mir ständig neue Geheimworte merken. Überhaupt ist alles geheim. Besonders der Auftrag.
Und, hast du schon einen Auftrag erhalten?
Natürlich. Ich flog mit dem Flugzeug nach Berlin, dann mit dem Taxi zum Potsdamer Platz. Dort stieg ich in den Bus und fuhr 3 Stationen bis zum blauen Haus. Ich betrat das Haus und ging in den 2. Stock hinauf, Tür 28. Dort klopfte ich dreimal und sagte: Das Rotkehlchen ist heiser. Der, der mir dann aufmacht sollte sagen: es soll Honig fressen. Dann darf er mir den Mikrofilm übergeben.
Und, hat alles geklappt?
Ach woher denn. Ein Mann öffnete mir und ich sagte: das Rotkehlchen ist heiser. Darauf der Herr: der Spion wohnt gegenüber.

Na ja, die Spionage war wohl nicht das Richtige für Felix. Ich ließ ihn stehen und ging weiter.

Nach der Brücke war aus der Nagold die Enz geworden. Also ging ich der Enz entlang bis zum Emma-Jäger-Bad. Über den Inselsteg kam Luigi, ein Sizilianer. Den kannte ich von Früher. Ich erzählte ihm begeistert von Viagra:

Was sein Viagra?
Das ist ganz toll, du nimmst eine Viagra und kannst 6-mal am Tag.
Ach, das sein Beruhigungsmittel.

Ich ging weiter der Enz entlang bis zur Altstädter-Brücke. Dort traf ich auf den "ehrlichen Max". Und der jammerte:

Ich habe den Husten und den Schnupfen und überall Schmerzen.
Ja, Ja, wer bei dem Sauwetter nicht krank ist, der ist überhaupt nicht gesund.

Ich wollte ihn etwas aufmuntern und meinte:

He, ich kann mich rasieren, ohne die Zigarette aus dem Mund zu nehmen.
Und ich kann mir die Fußnägel schneiden, ohne die Socken auszuziehen.

Wir gingen zusammen einige Schritte und wurden von einem Polizisten angehalten. Er hielt uns wohl für Landstreicher und fragte mich: *wo wohnen Sie?* Nirgends, antwortete ich. Er wandte sich an Max: *und Sie?* Max: *wir sind Nachbarn.*

Ich ging allein weiter und passierte den Kanzlersteg und den Römersteg. Endlich erreichte ich das Heizkraftwerk (früher Gaswerk).

Auf der linken Seite standen die beiden Gasbehälter. Ein großer Zylinder und eine Kugel auf Stelzen. Die sah aus, wie ein Raumschiff.

Einige Meter vor mir bemerkte ich eine Gestalt, die mir bekannt vorkam. Ich ging schneller. Der Kerl vor mir beschleunigte auch seinen Schritt. Er hatte wohl Angst, dass er überfallen wird. Plötzlich drehte er sich um und rief erleichtert: Charly! Es war Ingo "der Maulwurf:"

Du, ich war gestern doch beim Arzt und der hat mir Tabletten gegeben, die muss ich bis ans Ende meines Lebens nehmen.
Das ist doch nicht schlimm?
Aber, er hat mir nur 3 Stück gegeben.

Dann erzählte er weiter:

Ich habe mich doch um eine Arbeitsstelle beworben.
Und, hast du die Stelle bekommen?

Leider nicht. Der Personalchef war eine Frau.
Na und?
Zuerst wollte sie meine Hände sehen. Die waren in Ordnung. Dann wollte sie meine Füße sehen. Die waren auch in Ordnung. Dann sollte ich meine Referenzen rausholen. Da muss ich wohl etwas falsch gemacht haben.

Nachdem wir uns eine Weile unterhalten hatten ging ich allein weiter. Plötzlich musste ich dringend pinkeln. Natürlich war keine Toilette in der Nähe. Also stellte ich mich in die Büsche. Ein Polizist auf Streife hatte mich beobachtet und brüllte mich furchtbar an. Schockiert fing ich an zu weinen. Darauf der Polizist versöhnlicher:

Deshalb brauchst du doch nicht zu weinen.
Ich stammelte: *na ja, ich komme vom Land und immer wenn ich einen Ochsen brüllen höre, kriege ich Heimweh.*

Dann sah er meinen Rucksack und meinen Schlafsack und wurde grantig:

Was haben wir denn da drin?
Küche, Wohnzimmer, Schlafzimmer, Bad.

Endlich ließ er mich weiterziehen. Ich kam an der St. Maur-Halle vorbei. Hier war das Eissportzentrum von Pforzheim.

Dann kam ich zum Vicenza-Platz. Hier waren einige Sitzbänke und auf einer saß Bruno "der Bär". Ich setzte mich neben ihn und er fing auch gleich an zu jammern:

Stell dir vor, ich stehe heute Morgen vor dem Spiegel und sehe, dass ich einen Waschbrettbauch habe. Dann setzte ich die Brille auf und der Waschbrettbauch war weg.
Und was machst du jetzt.
Ich gehe zum Optiker. Irgendwas stimmt mit meiner Brille nicht.

Ich wollte ihn ablenken und erkundigte mich nach seiner Frau. Ich wusste, dass er schon lange Zoff mit ihr hatte.

Warum haust du nicht einfach ab?
Ich wäre schon längst von zu Hause abgehauen, wenn ich wüsste, wie man Koffer packt.
Du bist ein Feigling.
Du hast gut reden. Als Kind hatte ich immer Angst vor dem Monster unter dem Bett. Jetzt liegt das Monster jede Nacht neben mir.

Ich überließ Bruno seinem Weltschmerz und ging weiter. Schon kam ich an der Skater-Anlage vorbei. Hier übten einige Jungs mit ihren Skateboards. Der Krach war fürchterlich und ich ging schnell weiter. Nun kam ich schon wieder an einem Steg vorbei. Dem Gärtnersteg. Endlich war ich im Enzauenpark.

Hier traf ich Robert "die Ratte". Er stand am Ufer und fütterte die Nutrias. Das waren putzige Tierchen. Aber eigentlich waren das doch Ratten? Robert erzählte mir von seinem Unfall:

Ich wurde von einem Auto angefahren und hatte schwere Verletzungen an den Beinen.
Hast du Schmerzensgeld bekommen?
Nun ja, ich wollte von der Versicherung 100000 Euro, aber die zahlt nur, wenn die Beine gelähmt sind.
So ein Pech.
Aber nein, von da an waren meine Beine gelähmt und die Versicherung hat bezahlt.
Aber, wenn du jetzt herumläufst kommen die dir doch auf die Schliche?
Ach was. Nachdem ich den Scheck erhalten habe bin ich sofort nach Lourdes gefahren. Und stell dir vor, ein Wunder ist geschehen.

Ich dachte, was für ein Teufelskerl, und ging weiter bis zum Steg am Wasserwerk. Auf dem

Steg stand Eddy und hielt eine Angel in der Hand.

Was machst du da?
Ich angle.
Was denn?
Forellen.
Wie viel hast du schon gefangen?
Noch keine.
Woher weißt du dann, dass da Forellen sind?

Heute war ich genug gelaufen und inzwischen wurde es auch dunkel. Ich musste dringend nach einem Schlafplatz suchen.

Im Enzauenpark waren einige Mauerreste, die wohl römische Ruinen darstellen sollten. Ganz in der Nähe stand eine Art Schuppen, der wohl eine Wetterstation darstellen sollte. Im Innern war es trocken und warm. Hier konnte ich mein Nachtlager aufschlagen. Leider war ich nicht allein. Ich sah einige Katzen herumschleichen, aber das störte mich nicht. Wenn die mich in Ruhe lassen, lasse ich sie auch in Frieden.

In der Nacht hörte ich seltsame Geräusche. Aber ich war einiges gewohnt und achtete nicht weiter darauf. Als ich am nächsten Morgen aufwachte lag auf der anderen Seite ebenfalls etwas. Zuerst dachte ich, das sei ein Dreckhaufen. Dann bewegte sich der Haufen. Es war wohl ein Penner, der hier ebenfalls nächtigte. Ich ging hinunter zum Fluss, um mich zu waschen, nahm aber vorsichtshalber meinen Schlafsack mit. Als ich zurückkam, war der Penner verschwunden.

Ich habe schon einiges erlebt, aber so etwas noch nicht.

*

Prospekte verteilen

Inzwischen brauchte ich dringend Geld. Für eine Werbeagentur konnte ich Prospekte verteilen. Die Agentur war aber in Dillweißenstein und da musste ich erstmal hin.

Ich dachte, eine Strecke fahre ich mit dem Bus. Ich würde heute bestimmt noch viel laufen müssen. Also saß ich auf der Bank an der Bushaltestelle und wartete. Neben mir saß eine junge Mutter mit ihrem 4-jährigen Buben. Der Bub starrte unentwegt auf meine unförmige, große Nase. Der Mutter war das peinlich und sie legte heimlich den Zeigefinger auf ihren Mund. Darauf der Bub: *ich sag ja nix Mama, ich guck sie mir nur an.*

In der nächsten Haltestelle stiegen drei Türkische Jugendliche ein, setzten sich ganz nach Hinten und fingen lautstark an zu diskutieren:

Der Erste: *Ey Alder, jetzt sind wir schon über 4 Millionen Türken in Deutschland.*
Der Zweite: *Ja, ne richtige Front.*
Der Dritte: *dauert nicht mehr lang, dann übernehmen wir Deutschland.*
Der Erste: *dann fahren wir mit nem fetten BMW durch die Straßen und sind die Bosse.*
Der Zweite: *dann übernehmen wir ein Land nach dem anderen.*

Der Dritte: *alle werden machen, was wir, die Obertürken sagen.*
Ich hatte genug gehört, drehte mich um und meinte trocken: *wir hatten auch mal 6 Millionen Juden in Deutschland.*

Ich war gerade einige Haltestellen gefahren, da stieg eine ältere Dame ein und stellte sich direkt vor meinen Sitz. Höflich stand ich auf und bot ihr meinen Platz an. Sie winkte ab: Danke, aber bleiben Sie nur sitzen. Etwas später wiederholte sich das Ganze. Ich stand auf, aber die Dame bestand darauf, dass ich sitzen blieb. Beim dritten Mal wurde ich wütend:

Nun lassen Sie mich doch endlich aufstehen. Ihretwegen bin ich schon zwei Haltestellen zu weit gefahren.

In der Agentur bekam ich drei große gebündelte Pakete mit Möbelprospekten. Die Pakete waren schwer und ich konnte sie unmöglich tragen. Der Werbefuzzi gab mir einen alten Trolly mit, auf den ich die Pakete laden konnte.
Die Prospekte sollte ich in Brötzingen (früher Brotzingen) verteilen. Im Volksmund nannte man den Stadtteil einst Brenzlingen, weil es dort so oft brannte. Die damalige Feuerwehr – die Weckerlinie – kam meistens zu spät. Trotzdem entstand kein großer Schaden, da die Brötzinger

immer einen Tag vor dem Feuer ihre Möbel ausgeräumt hatten. So behaupten es böse Zungen.

Schwerbeladen machte ich mich auf den Weg und startete am Ludwigsplatz. Geld für den Bus hatte ich keines mehr, also musste ich laufen. Der nächste Weg war direkt über den Berg.

Ich zog meinen Trolly über die Steinerne Brücke und keuchte den Buckel am Pfarrhaus (ehemals Villa Wittenauer) hoch. Vorbei an der Otterstein-Schule. Warum hatte man die Schule wohl auf den Berg gebaut? Wahrscheinlich damit die Schüler später mal sagen können, sie sind auf eine höhere Schule gegangen.

Nach der Schule ging es Schnurgerade den Berg hoch. Auf was hatte ich mich da eingelassen. Der Trolly mit den Prospekten wurde immer schwerer. Endlich erreichte ich, ganz außer Atem, den Scheitelpunkt, die Hercyniastraße.

Von nun an ging es nur noch abwärts, vorbei an der Postwiesenstraße, über die Werner-Siemens-Straße, hinunter bis zur Brötzinger Brücke. Jetzt wurde der Trolly immer schneller und ich hatte Mühe, ihn zu bremsen. Unten im Tal ging es dann wieder einfacher. Ich überquerte die Brötzinger Brücke und erreichte den Metzelgraben. Den überquerte ich auf der Bettelbrücke. Nun ging es wieder den Berg hinauf bis zum Brötzinger Marktplatz.

Hier begann ich meine Prospekte zu verteilen. In jeden Briefkasten ein Prospekt stecken war mir zu umständlich. Ich zählte einfach die Briefkästen am Haus und legte die Anzahl Prospekte vor die Haustür. An den alten Häusern waren die Briefkästen noch innen und wenn ich läutete, machte keiner auf. Dafür erhielten sie doppelt so viele Prospekte, wie vorgesehen waren.

Als ich das Stadtmuseum erreichte hatte ich schon die Hälfte meiner Prospekte verteilt. Ich war gut. Nun ging ich über die Viktoriabrücke zur Bohnhöfferstraße und verteilte dort weitere Prospekte. Hier standen aber keine großen Häuser und als ich mit dem Stadtviertel durch war hatte ich immer noch fast die Hälfte der Prospekte übrig. Ich überlegte, ob ich sie entsorgen sollte, so wie es die anderen auch machen.

Die einen schmeißen die Prospekte in den Wald, die anderen in den Fluss. Nein, sowas würde ich nicht tun. Die einzige praktikable Lösung wäre die Altpapiersammlung. Aber ich hatte den falschen Tag erwischt. Also schleppte ich meinen Trolly die kurze Steig hoch bis zum Krankenhaus Siloah. Hier wurde ich die Prospekte auch nicht los.

Auf der linken Seite ging es zum Wallberg (Monte Scherbelino) hoch. Von oben hat man einen herrlichen Rundblick über Pforzheim. Aber mir war im Moment nicht danach und auf den Berg würde ich nicht mal ohne Trolly gehen.

Ich hielt mich also rechts und ging zur Hachelallee. Hier konnte ich meine Prospekte loswerden. Bis zum Geigersgrund hatte ich schon die Hälfte verteilt. Als ich weiterging kam ich am Hachelturm vorbei. Der Hachelturm ist wohl der schönste, aber auch der kleinste Aussichtsturm in Pforzheim und Umgebung.

Schließlich erreichte ich den Hauptfriedhof und siehe da, mein Trolly war leer. Das war wirklich ein hartes Stück Arbeit und ich überlegte, ob ich in Zukunft nicht doch wieder Pfandflaschen suchen sollte.

Da ich nun schon mal in der Nordstadt war konnte ich auch gleich die Hohenzollernstraße hinunter bis zum Güterbahnhof gehen. Bald erreichte ich die Anshelmstraße und die Justizvollzugsanstalt. Das weckte in mir schlechte Erinnerungen und ich ging schnell hinein in den Güterbahnhof. Inzwischen war es Nachmittag und ich musste mich nach einer geeigneten Schlafstelle umsehen.

Hier standen immer einige ausrangierte Güterwagen. Darin war es trocken und warm. Da konnte man gut nächtigen. Ich fand auch bald einen geeigneten Wagen und merkte ihn mir für die Nacht vor.

Auf einem großen gelben Schild stand in roter Schrift eine Warnung:

Die Berührung der Oberleitung ist absolut tödlich. Wer es dennoch tut, wird streng bestraft.

Kopfschüttelnd ging ich weiter mit meinem leeren Trolly die Blücherstraße entlang, dann die Zeppelinstraße hinunter bis zur Eutinger Straße.

Auf der Östlichen-Karl-Friedrich-Straße musste ich nur noch geradeaus gehen, bis zum Rathaus. Nun war ich wieder im Zentrum.

Auf dem Marktplatz traf ich gleich mehrere Kumpel. Die trafen sich hier wohl regelmäßig. Da waren Sepp, Olaf, Timo und Willy. Sie saßen auf den Treppenstufen unter dem Rathauspavillon, umringt von leeren Flaschen. Ich fragte:

Wie spät ist es eigentlich?
So ungefähr 8 Halbe.

Dann sagte ich vorwurfsvoll:

Fängt ihr mittags an zu saufen,
könnt ihr abends nicht mehr laufen.

Das ließ die Kerle völlig unbeeindruckt.
Sepp schlug mir vor:

Komm, wir machen ein Wettrennen. Bis zur Gernika-Brücke. Der Verlierer spendiert einen Kasten Bier.

Ich war zwar müde, aber trotzdem noch gut in Form und stimmte zu. Ich gewann mit einer Nasenlänge Vorsprung und Sepp schimpfte:

Das nächste Mal rennen wir nackend, dann gewinne ich.

Nun räusperte sich Olaf:

Ich glaube, ich habe Depressionen. Was kann ich dagegen tun?
Da kann ich dir weiterhelfen, meinte ich.
Bei leichten Depressionen hilft ein Bad mit Fichtennadelsalz. Bei schweren ein Bad mit Fön.

Nun meldete sich auch noch Timo:

Hört mal, ich suche doch dringend eine Freundin. Deshalb habe ich ein Inserat aufgegeben: Wer bringt Licht und Wärme in mein Leben.
Und, hast du Zuschriften bekommen?
Ja, eine vom E-Werk und eine vom Heizkraftwerk.

Nun merkte ich, dass das Niveau der Gespräche absackte und verabschiedete mich. Ich hatte noch etwas anderes zu tun.

Die Nacht wollte ich in Dillweißenstein verbringen. Da wusste ich ein Gartenhäuschen in einem Garten an der Nagold. Dort konnte ich übernachten. Der Garten war ziemlich verwildert und ist bestimmt ein Jahr nicht mehr betreten worden. Hier war ich also sicher.

*

Nochmal Dillweißenstein

Am Morgen erwachte ich schon früh und ging an die Nagold. Am Ufer standen einige Büsche, da konnte ich unbeobachtet meine Morgentoilette erledigen. Leider standen da auch Brennnesseln und Kreuzkraut meterhoch. Die einen waren unangenehm und die anderen giftig.

Nachdem ich auch das einigermaßen unbeschadet überstanden hatte begann ich meinen Rundgang an der Davosbrücke. Ich ging auf dem Ernst-August-Haug-Weg die Nagold entlang, vorbei am Seegersteg bis zur Steinernen Brücke. Dort überquerte ich die Straße und wechselte auf den Uferweg.

Auf dem Uferweg ging ich weiter, immer den Fluss entlang, bis zum Katzensteg. Auf dem Steg stand mein Kumpel Willy und jammerte:

Ich bin total antriebslos,
das ist sicher Burn-Out.
Du warst doch schon immer
antriebslos und faul.
Früher war ich faul,
heute habe ich Burn-Out.

Nun ging ich weiter bis zum Entensteg. Dort traf ich auf Felix und fragte ihn:

Ich habe gehört, du bist schwerhörig. Kannst du da eigentlich noch arbeiten?
Kein Problem, ich wurde in die Beschwerdestelle versetzt.

Ich ging weiter, vorbei am Freibad und an der ehemaligen Papierfabrik bis zur Bogenbrücke. Vor der Bogenbrücke bog ich links ab auf die Brückenstraße. Dann ging ich weiter über die Hoheneckstraße und erreichte nach einer halben Stunde das Hintere Tal. Hier waren die Sportplätze der Faustballer, der Tennisspieler und der Fußballer. Das Vereinsheim der Fußballer war noch geschlossen, sonst hätte ich mir einen Frühschoppen genehmigt.

Also blieb meine Kehle trocken und ich ging weiter am Felsenwäldchen vorbei. Hier sah ich die Kletterfelsen für angehende Bergsteiger, ähnlich wie die Battertfelsen in Baden-Baden. Nur etwas kleiner, aber zum abstürzen war es hoch genug.

Hier bog ich ab zur Steinbergsgutstraße im Ortsteil Gagfah und erreichte bald die Bundesstraße, die durch den ganzen Ortsteil führt. Auf der Bundesstraße ging ich weiter zur Weißensteiner Brücke (ehemals Eiserne Brücke). Dort traf ich auf Max. Er erzählte von seinem Bruder:

Mein Bruder ist ein Tüftler. Er wollte ein neues Auto konstruieren und nahm den Mo-

tor von einem Porsche, den Kühler von einem Mercedes und die Räder von einem Jaguar.
Und, wie war das Ergebnis?
Ein Jahr auf Bewährung.

Nach dieser kurzen Unterhaltung ging ich weiter über die Brücke. Nun war ich im eigentlichen Weißenstein (früher Wizenstein). Vom Weißensteiner Bahnhof aus gibt es eine Abkürzung durch den Eisenbahntunnel (nur für ganz Mutige) nach Dillstein. Da ich aber ein Feigling war, ging ich den Berg hinauf zur Burgruine Kräheneck. Von dort aus ging es wieder hinunter auf den Geißenweg und bald war ich wieder in Dillstein. Inzwischen war es doch schon dunkel geworden und ich musste mich nach einem Schlafplatz umsehen.

Ich ging weiter Flussabwärts bis zur Davosbrücke. Dort stand auf dem Parkplatz seit längerer Zeit ein Anhänger einer Firma. Manchmal stellen die Firmen ihre Anhänger auf solchen Plätzen, dicht an der Straße ab, um für ihr Unternehmen zu werben. Die Plane des Hängers war auch mit entsprechender Werbeaufschrift versehen. Das störte mich nicht. Als ich die Plane etwas anhob sah ich, dass im Innern genug Platz zum schlafen war. Also stieg ich hinein. Die würden doch hoffentlich nicht mitten in der Nacht ihren Anhänger dort wegholen.

Als ich am nächsten Morgen erwachte schaute ich erstmal vorsichtig unter der Plane hervor. Nur keine Panik. Ich war immer noch am selben Platz. Beruhigt ging ich runter zur Nagold und machte eine Katzenwäsche. Dann überlegte ich, was ich heute unternehmen könnte. Ich brauchte dringend Geld. Vielleicht konnte ich mal wieder Prospekte austragen. Die Discounter suchen immer Leute und diese Prospekte sind erheblich leichter als die Prospekte der Möbelhäuser.

*

OSTSTADT

Ich bekam tatsächlich den Auftrag Prospekte eines Discounters in der ganzen Oststadt zu verteilen. Beginnen sollte ich in der Fußgängerzone hinter dem I-Dipfele und in allen Häusern links und rechts der Östlichen-Karl-Friedrich-Straße die Briefkästen füllen.

Anfangs wurde ich nur wenige Prospekte los. Bis zum Schlossberg waren links und rechts fast nur Geschäfte. Als ich den Schulberg passierte wurde es besser. Hier stand links einmal das Casino der französischen Garnison. Ich ging weiter, vorbei an der Franziskus-Staffel bis zur Einmündung der Parkstraße. Danach wurde es noch besser.

Nun standen links und rechts auch Wohnhäuser und bis zur Einmündung der Lindenstraße hatte ich schon die Hälfte meiner Prospekte verteilt. Nun hatte ich mir eine Pause verdient und dazu lud der Oststadtpark geradezu ein.

Nach wenigen Schritten, war ich im Park. Dort sah ich, wie mein Kumpel Felix gerade auf einen Baum kletterte. Ich rief ihm zu:

Was willst du denn auf dem Baum?
Äpfel essen.
Aber du kletterst auf eine Platane?
Na und? Ich habe welche dabei.

Kopfschüttelnd ging ich weiter. Auch im Park traf ich auf Bekannte. Auf einer Bank saß mein alter Kumpel Eddy. Er rührte sich nicht, deshalb fragte ich:

He, was machst du?
Ich meditiere.
Na ja, ist besser als herumsitzen und nichts tun.

Dann richtete er sich auf und meinte:

Ich ging eben die Anshelmstraße runter und stell dir vor, die haben an der JVA die Mauer schon wieder um zwei Meter erhöht.
Na und? Wenn ich will, komme ich trotzdem rein.

Nach meiner Pause musste ich dringend, aber wieder war keine Toilette in der Nähe. Kurz entschlossen setzte ich mich hinter einen Busch. Zufällig kam in diesem Moment ein Ordnungshüter vorbei. Sonst sieht man hier den ganzen Tag keinen herumlaufen. Und in der Nacht erst recht nicht.
Der Kerl blieb breitbeinig stehen, hakte die Hände seitlich in sein Koppel und streckte den gewaltigen Bauch heraus:
He, hier ist doch kein Scheißhaus!
Aber da gehört eines hin!

Ich packte meine Sachen und machte, dass ich weiter kam. Verwundert schaute ich auf das Straßenschild. Hatte ich mich verlaufen? Ich war nicht mehr auf der "Östlichen" sondern plötzlich auf der Eutinger-Straße. War ich falsch abgebogen? Vorsorglich hatte ich einen Stadtplan dabei und sah darauf, dass ich keinen Fehler gemacht hatte. Aus der "Östlichen" war einfach die Eutinger-Straße geworden.

Bald erreichte ich das Gaswerk. Diesmal sah ich es von der anderen Seite. Gleich hinter dem Gaswerk kam ich am Kaufland vorbei und dann auch an der St.Maur-Halle. Ich ging weiter bis zum Heizkraftwerk und musste feststellen, dass es auf dieser Seite der Straße keine Wohnhäuser mehr gab.

Auf der linken Seite waren zwar große Wohnanlagen, aber dazu hätte ich den Berg hinaufsteigen müssen. Dazu war ich aber zu müde und bog deshalb rechts ab. Hinter dem Heizkraftwerk kam ich auf den Hohwiesenweg. Auf diesem ging ich weiter und kam auch wieder am Enzauenpark vorbei. Diesmal auf der anderen Seite. Es gab aber keinen Zugang. Ein Zaun sicherte den Enzauenpark auf der ganzen Länge ab und mir blieb nichts anderes übrig, als einfach weiter geradeaus zu gehen.

Inzwischen war ich wieder auf den Weg entlang der Enz gekommen und ging einfach weiter. Bevor ich sie sah, roch ich sie. Die Kläranlage.

Schnell ging ich weiter und bald erreichte ich die Bruchrain-Brücke. Hier war der Weg zu Ende. Wie es auf der anderen Seite weiterging, wollte ich nicht wissen.

Inzwischen war es später Nachmittag und ich musste mich wieder nach einem Schlafplatz umsehen. Meine restlichen Prospekte steckte ich in die Papierkörbe, die ich in regelmäßigen Abständen passierte. Als ich den Enzauenpark erreichte hatte ich alle Prospekte verteilt. Ich war zufrieden mit meiner Arbeit.

Im Park sah ich wieder die kleinen Mauerreste, die an römische Ruinen erinnerten. Aber die echten römischen Ruinen sind ja im Kanzlerwald. So stand es jedenfalls in meinem Stadtplan und der war ziemlich neu. Am Rande des Parks sah ich auf einmal die Alex-Wellendorf-Hütte. Das passte ja wunderbar. Hier konnte ich übernachten.

Vor der Hütte lag ein Penner auf dem Boden.

Warum liegst du denn auf dem Boden?
Ich habe etwas verloren.
Ach ja, was denn? Ich helfe dir suchen.
Mein Gleichgewicht.

Ich hab schon vieles erlebt, aber so etwas noch nicht.

*

BENCKISER-PARK

Inzwischen hatte ich durch das austragen der Werbeprospekte genug verdient, so dass ich mal eine Woche ausspannen konnte.

Heute wollte ich mal meine alten Kumpel im Benckiser-Park besuchen. Dort trafen die sich täglich bei einer Sitzbank, dicht an der Westlichen. Auf der anderen Straßenseite war ein Einkaufsmarkt, wo sie sich mehrmals am Tag Nachschub an Getränken holten.

Ich überquerte den Turnplatz (ehemals "Platz der SA"), ging über den Emiliensteg und betrat den Park.

Hier stand einst der "Eisenhammer", der "Schmelzofen" und die "Blechschmiede". Später übernahm die Familie Benckiser das Werk und nannte es "Gebrüder Benckiser, Eisenwerk Pforzheim".

Im Jahr 1910 kamen die Liegenschaften und der "Benckiser-Park" an die Stadt Pforzheim. Die Firma selbst ging an die ehemaligen Prokuristen Pitzmann und Pfeiffer.

Doch genug von der Geschichte, heute ist nur noch ein kleiner Teil des Parks unbebaut und hier traf ich meine Kumpel Anton, Ingo und Robert. Die kamen auch überall herum. Anton rief mir zu:

He Charly, hast du schon gefrühstückt.
Nein, noch keinen Tropfen.
Zu kommst zu spät. Wir haben bereits ein Wetttrinken gemacht.
Das rieche ich. Und, wer wurde Zweiter?

Ich ließ die Drei sitzen und ging weiter. Ich wollte heute mal Max zu Hause besuchen. Er schuldete mir noch 100 Euro. Bald hatte ich seine Wohnung erreicht und klopfte an die Tür:

He, mach auf, ich weiß, dass du da bist.
Keine Antwort.
Du musst da sein, deine Schuhe stehen doch vor der Tür.
Da tönte es aus dem Zimmer: *ich bin heute in Hausschuhen rausgegangen.*

Verärgert ging ich wieder. Das war mal wieder typisch Max. Mir ist schon einiges passiert, aber sowas noch nicht.

*

NORDSTADT

Die Woche war schneller vergangen, als ich dachte und meine Bargeldbestände waren empfindlich geschrumpft. Ich musste mich wieder nach einem Job umsehen.

Mit dem austragen von Prospekten hatte ich gute Erfahrungen gemacht und war inzwischen so etwas wie ein Profi.

Ein Discounter startete gerade eine Werbekampagne und mein Einsatzort war die gesamte Nordstadt. Die Nordstadt ist immer noch das größte Wohngebiet in Pforzheim. Hier stehen große Häuser mit sehr vielen Briefkästen. Hier war das Verteilen der Prospekte einfacher.

Doch mit den einzelnen Straßennamen kam ich nicht klar. Ich wusste noch, wie die Straßen bis 1945 hießen. Nach dem Krieg wurden alle Namen die einen Bezug zum 3. Reich hatten geändert.

Ich begann meine Arbeit an der Heinrich-Wieland-Allee und die hieß einmal Hermann-Göring-Allee.

Nachdem ich alle Häuser durch hatte ging ich weiter zur Friedrich-Ebert-Straße, einst Mackensenstraße.

Dann machte ich weiter auf der Markgrafenstraße. Einst Leo-Schlageter-Straße. Von dort aus kam ich zur Wolfsberg-Allee, die hieß früher Horst-Wessel-Allee.

Inzwischen hatte ich Hunger und Durst und eine Idee. Ich klingelte an der nächsten Haustür. Die Hausfrau rief:

Wer ist da?
Lassen Sie sich überraschen, liebe Frau. Es hat etwas mit Geld zu tun.

Sie öffnete neugierig die Tür und ich legte sofort los:

Haben Sie ein paar Euro für eine notleidende Familie? Die Mutter ist krank, die Kinder haben nichts zu essen und der Vater säuft.
Da helfe ich gerne, aber wer sind Sie eigentlich?
Ich bin der Vater.

Sie schlug die Tür so heftig zu, dass ich mir fast die Nase einklemmte.
Trotzdem versuchte ich es an der Nächsten Haustür. Ich klingelte. Die Hausfrau öffnete und sagte:

Ja, was isch denn?
Liebe Frau, ich habe seit 3 Tagen nichts mehr gegessen.
Ha, dann messed se sich halt zwenga.

Und knallte die Tür zu. Aus ihrem Dialekt konnte ich heraushören, dass sie wohl von der schwäbischen Alb kam und mir fielen die drei größten Plagen der Menschheit ein: *Cholera, Lepra und von d'r Alb ra.*

Aus Schaden wird man klug, heißt es. Trotzdem probierte ich es nochmal beim nächsten Haus. Da hatte ich Erfolg. Die nette Hausfrau gab mir ein Stück Kuchen. Ich dankte ihr recht herzlich. Es gibt doch noch nette Menschen. Als ich ein paar Meter gegangen war, biss ich kräftig in den Kuchen und verlor fast einen Zahn. Der Kuchen war uralt und steinhart. Wütend drehte ich mich um und sah die Frau hinter dem Vorhang hervorschauen. Ich warf das Kuchenstück Richtung Haus und traf auch noch die Fensterscheibe. Das Klirren war weit hörbar und in den Nachbarhäusern bewegten sich die Vorhänge. Ich wollte mich aus dem Staub machen, aber die Frau hatte inzwischen einen Polizisten gerufen, der zufällig im gleichen Haus wohnte. Der Polizist stellte mich zur Rede:

Warum haben Sie der guten Frau, die Ihnen einen Kuchen geschenkt hat, einen Stein durchs Fenster geworfen?
Es war kein Stein, Herr Wachtmeister, es war der Kuchen.

Der Polizist prüfte das Kuchenstück, klopfte mir auf die Schulter und meinte:

*Das war eindeutig Notwehr.
Sie können gehen.*

Als ich den Berg runter ging kam ich auf die Luisenstraße, früher Dr. Fritz-Todt-Straße. Weiter ging es zur Erbprinzenstraße, früher Reinhard-Heydrich-Straße. Als ich auch diese durch hatte, waren noch Prospekte übrig. Also ging ich wieder den Berg hoch zur Hachel-Allee. Man kann es kaum glauben, die hieß mal Adolf-Hitler-Allee.

Unterhalb vom Hauptfriedhof kam ich dann noch auf die Karl-Bührer-Straße. Und die hieß einmal Hindenburgstraße.

Endlich hatte ich alles verteilt und machte mich wieder an den Abstieg. Mein Ziel war der Konradplatz an der Salierstraße.

Unterwegs kam ich bei einem Schuhmacher vorbei. Ja, so was gibt's tatsächlich noch. Meine Stiefel mussten unbedingt neu besohlt werden. Ich ging hinein und zeigte dem Schuster, einem Ausländer, meine alten Schlappen:

Können Sie mir die noch reparieren?

Der Schuhmacher besah sich die Stiefel von allen Seiten und meinte:

Was soll draus werden?
Halbschuhe oder Sandalen?

Dann warf er sie kurzerhand mit Schwung über die Schulter, direkt in den Mülleimer. Ich war fassungslos, musste aber anerkennen, das war ein guter Wurf. Der Schuster griff in der Ecke in eine Berg von Stiefeln, zog ein Paar fast neue heraus und gab sie mir mit den Worten: *die schenke ich dir.* Der Schuhmacher war echt gut. Bei dem würde ich mir jederzeit wieder Schuhe reparieren lassen.

Am Konradplatz traf ich auf Felix. Er hatte eine Packung mit Unterhosen dabei und sagte:
Sieh mal, das sind die Unterhosen Heute.
Früher konntest du mit der Unterhose dein
ganzes Fahrrad putzen. Aber diese da, er
deutete auf die Packung, reicht gerade mal
für den Klingelknopf.

Natürlich hatte er recht, aber ich hatte keine Zeit, ihn zu bedauern. Ich musste weiter. Inzwischen war es Abend geworden und ich hatte noch keinen Schlafplatz. Ich erinnerte mich an den Güterbahnhof. Dort standen immer alte Waggons und die waren unverschlossen. Also machte ich mich auf den Weg und fand auch schnell einen geeigneten Waggon. Im Innern schlug ich mein Nachtlager auf.

Nach einer guten Flasche Roten schlief ich tief und fest. Die vorbeifahrenden Züge hörte ich überhaupt nicht.

Als ich am nächsten Morgen aus dem Waggon herauskroch musste ich dringend pinkeln. Natürlich gab es in der Nähe keine Toilette. Also stellte ich mich hinter den Waggon, wo mich keiner sah und legte los.

Ein Eisenbahner hatte mich trotzdem gesehen und schrie mich an:

He, du bsuffene Drecksau, was urinierscht du denn an den Wage do no. Des isch doch koi Platz zum saiche? Wenn pinkle musch, dann geh do no, wo andere Leut ihr Wasser abschlage. Do kannsch no pinkle und pieseln so viel du willscht. Aber den Wage verbrunze, du elender Schiffbeitel, du versaichter, des geht fei net.

Ich entschuldigte mich vielmals und verdrückte mich. Der Kerl war mir unheimlich. Ich habe schon manches erlebt, aber so etwas noch nie.

*

BRÖTZINGER GASS

Nach einigen Tagen war mein mühsam verdientes Geld wieder aufgebraucht. Ich überlegte, wie ich zu Geld kommen könnte. Erneut Prospekte austragen, wollte ich nicht. Das würde ja meinem Ruf als Berber schaden.

Vielleicht versuchte ich es mal mit betteln. Die Grundausstattung dafür war einfach. Eine Decke, auf die man sich setzen konnte. Ein Becher für die Almosen. Ein Pappschild mit der entsprechenden Aufschrift. Zum Beispiel "Habe Hunger und bin Obdachlos", oder "Armer Ossi will nach Hause" oder etwas in der Art. Ganz wichtig war der Platz. Natürlich in der Fußgängerzone, wo viele Leute vorbeigehen.

Also setzte ich mich vor den Kaufhof. Hier war einst die "Brötzinger Gass". Nach wenigen Minuten wurde ich von einem Manager des Kaufhauses verjagt. Nun setzte ich mich weiter vorn neben Thalia auf den Boden. Hier wurde ich von einer Fußstreife der Polizei nach meiner Genehmigung vom Ordnungsamt gefragt. Ich wusste zwar, dass Straßenkünstler solch eine Genehmigung brauchen und dafür sogar bezahlen mussten, aber Bettler?

Ich wollte mich mit den Beiden nicht anlegen und wechselte meinen Standort. Das war aber nicht leicht. Überall wo ich mich hinsetzen wollte, saß schon einer. Die Konkurrenz war ziemlich groß.

Die Kerle hatten ihre Plätze schon seit Jahren und ich war der Eindringling. Entsprechend wurde ich angegiftet. So wie die Kerle aussahen, waren sie alle aus Osteuropa. Das haben wir nun von der Globalisierung.

Nun, ich gebe zu, ich bin eine feige Sau. Wenn einer sitzt, weiß man nicht, wie groß er wird, wenn er aufsteht. Also verzog ich mich. Vor dem Volksbankhaus saß keiner. Der Platz war wohl ziemlich schlecht. Trotzdem setzte ich mich hin. Wenn Leute aus der Bank kommen haben sie Geld und sind bestimmt großzügig. Tatsächlich blieb auch gleich eine Dame stehen und fragte:

Hat man Ihnen denn noch nie eine Arbeit angeboten?
Doch einmal, aber sonst waren die Leute eigentlich immer nett zu mir.

Die Dame ging weiter, ohne mir etwas zu spenden. Bald fand ich heraus, dass Leute die aus der Bank kamen, eigentlich nur große Scheine in der Tasche hatten. Okay, das mit dem Betteln vor dem Volksbankhaus war keine gute Idee.

Ich sah mich um, was die anderen Bettler so machten. Ein Typ hatte eine kleine französische Bulldogge neben sich sitzen. Das war wohl die

Mitleidmasche. Und das funktionierte tatsächlich. Ich schaute eine Weile zu und sah, dass eifrig gespendet wurde.

Ein anderer Typ hatte sogar einen Mops und einen Dackel dabei. Dann entdeckte ich einen vor einer Bank, der hatte gar drei mittelgroße Hunde auf seinem Teppich liegen. Das war übertrieben. Hier funktionierte die Masche mit dem Mitleid nicht mehr. Die Leute dachten wohl, wer sich drei Hunde leisten kann, braucht auch nicht zu betteln.

Dann waren da noch die Frauen aus Osteuropa. Die saßen da, mit ausgebreiteten Händen. Die Stellung erinnerte an eine Gottesanbeterin. In ihrem Gesicht sah man den ganzen Weltschmerz. Das war offensichtlich einstudiert.

Dann gab es noch die dritte Sorte von Bettlern. Die Verkrüppelten. Manche hatten verkrüppelte Hände oder Beine. Ob das von Geburt an so war, oder von einem Unfall kam? Vielleicht wurden sie auch absichtlich verkrüppelt. In Afrika und Asien ist das so. Da werden Kinder absichtlich zu Krüppeln gemacht, damit sie Mitleid erregen und mehr erbetteln können.

Besonders einer ist mir aufgefallen, dem es anscheinend sehr schlecht ging. Er schleppte sich in abgerissenen Klamotten durch die Fußgängerzone. Seine Beine hatten offenbar eine starke Fehlstellung und er brauchte Krücken.

Wenig später, er hatte wohl genug erbettelt, sah ich ihn in einer Nebenstraße. Er hatte die Krücken unter dem Arm und konnte plötzlich ganz normal laufen.

Ein anderer saß auf seinem Rucksack an der Leopoldstraße, neben sich zwei Hunde. Er hielt den Passanten seine Schirmmütze entgegen und erzählte ihnen, er hätte Probleme mit den Füßen und seine Hunde hätten nichts zu fressen. Viele Leute zeigten Herz und gaben ihm eine kleine Geldspende. Nachdem er genug erbettelt hatte ging er zu seinem in der Zerrrenerstraße abgestellten Passat mit osteuropäischem Kennzeichen. Dort gönnte er sich und seinen Hunden eine Pause.

Eine weitere Gruppe hätte ich fast vergessen. Die lebenden Standbilder. Junge Männer bemalten Gesicht und Hände mit Gold- oder Silberbronze und trugen mittelalterliche Kostüme oder ein Clownskostüm. Sie standen auf einem kleinen Podest und rührten sich nicht. Das waren natürlich keine Bettler sondern Künstler. Aber was machten sie? Betteln.

Gegen solche professionellen Bettler hatte ich keine Chance und beendete meine kurze Laufbahn. Ich war ja auch nur ein Bettler auf Probe.

In der Fußgängerzone hatte ich Straßenmusiker gesehen. Die machten eigentlich einen guten Schnitt. Da waren die Passanten doch eher bereit, etwas zu spenden. Vielleicht sollte ich das auch mal versuchen.

Im Sperrmüll hatte ich ein altes Akkordeon gefunden. Es funktionierte sogar noch. Ich stellte mich an einen belebten Platz und begann zu spielen. Dabei hatte ich jedoch ein Problem. Ich konnte nur ein Lied spielen:

Uff'm Wase grase'd Hase.

Tapfer spielte ich das Lied immer und immer wieder. Bevor die Leute aber spenden konnten, wurde ich schon von einem Ordnungshüter gestellt. Er fragte nach meiner Genehmigung. Ich wusste, dass man als Straßenmusikant eine Genehmigung vom Ordnungsamt brauchte. Und dafür musste man auch noch bezahlen. Unter Protest räumte ich den Platz. Vielleicht konnte ich das Akkordeon verkaufen. Aber damit hatte ich kein Glück. Also brachte ich es zurück zum Sperrmüll. Meine Karriere als Musikant war kurz und schmerzlos.

Ich hatte Hunger und Durst und kein Geld mehr. Ein Kumpel gab mir einen Tipp. Ich sollte es mal bei einem katholischen Pfarrer versuchen. Dort gibt es immer was zu essen. Vom evangelischen Pfarrer riet er ab. Der Hält dir nur einen Vortrag über Martin Luther und zitiert Bibelverse. Aber zu essen gibt's nichts.

Also ging ich zur Herz-Jesu-Kirche, der schönsten Kirche Pforzheims. Zaghaft klopfte ich an die Tür. Es öffnete mir aber nicht der Pfarrer, sondern die Haushälterin, ein richtiger Drachen. Sie sah mich streng an und ich stotterte:

Könnte ich etwas zu essen haben?
Mögen Sie Fisch?
Ja, natürlich.
Dann kommen Sie Freitag wieder.

Nach weiteren üblen Erlebnissen verzichtete ich aufs Betteln. Ich musste wohl doch wieder etwas arbeiten. Ich hab schon einiges erlebt, aber so etwas noch nicht.

*

WESTSTADT

Von einer Pizzeria bekam ich den Auftrag, kleine gefaltete Speisekarten zu verteilen und zwar in jeden Briefkasten, auch wenn draufsteht "keine Werbung".

Die Speisekarten sollte ich in der ganzen Weststadt verteilen. Vom Leopoldplatz bis zur Bahnunterführung in Brötzingen. Zum Glück waren die Flyer leicht und ich konnte alle in meinem Trolly unterbringen.

Ich begann auf der Westlichen-Karl-Friedrich-Straße kurz "Westliche" genannt. Auf der rechten Seite war das Industriehaus mit den "Schmuckwelten" und dem Mineralienmuseum im Keller.

Bis zum Benckiser-Park waren rechts und links nur Geschäfte. Da wurde ich meine Speisekarten nicht los.

Endlich kamen auch auf der rechten Seite Wohnhäuser und ich begann mit der Arbeit. Ich ging weiter am Osterfeld vorbei bis zum Walter-Geiger-Haus. Dann kam die Einmündung der Antoniusstraße und auf der linken Seite die Fritz-Erler-Schule.

Ich ging weiter und kam am Stadtmuseum vorbei. Rechts ging es über die Viktoria-Brücke hinauf bis zur Wilferdinger-Höhe.

Ich ging aber geradeaus weiter bis zum Brötzinger Marktplatz. Dabei fiel mir auf, dass sich einige Namen wiederholten. Am häufigsten las ich den Namen Staib. Gefolgt von Dittus und Klittich. Was soll's, jeder bekam seinen Speiseplan. Bald erreichte ich das Rathaus und nach einigen Minuten die Bahnunterführung, mein Ziel. Und was mich am Meisten erstaunte, ich hatte fast alle Speisekarten verteilt. Ich klopfte mir selber auf die Schulter.

*

BRÖTZINGEN

Heute war ich in Brötzingen unterwegs. Natürlich kannte ich inzwischen das Stadtmuseum und den Marktplatz. Aber der Teil nach der Bahnunterführung war mir noch nicht bekannt.

Das alte Brötzingen und der Arlinger bilden ein Dreieck zwischen Wildbader Straße und Dietlinger Straße.

Die Gegend um die Auerhahnstraße gilt eigentlich als das ursprüngliche Brötzingen. Heute heißt der Stadtteil Arlinger. Hier soll wohl der Malschbach durchfließen. Aber von dem war nichts mehr zu sehen. Er fließt also unterirdisch.

Vor der Sanierung gab es noch die Krautgärten. Damals war auch noch ein Teil des Baches zu sehen. Obwohl es heute praktisch keine Krautgärten mehr gibt, feiern die Brötzinger jedes Jahr ihr Krautgartenfest. Das ist Tradition. Was gibt es noch über Brötzingen zu sagen? Hier gab es die erste Feuerwehr in Pforzheim die "Weckerlinie".

Mein Ziel war der Platz um die Börth-Halle und die Arlinger-Schule. Hier trafen sich regelmäßig noch alte Kumpel. Die wollte ich besuchen.

Als ich dort eintraf sah ich keinen meiner alten Kumpel. Ich sah auch keinen Fremden. Ein altes Mütterlein fragte ich, wo die alle geblieben sind. Sie meinte: *die wurden von der Polizei vertrieben und treffen sich jetzt am Arlingerplatz.*

Ich ging weiter und kam an der evangelischen Kirche vorbei. Der Pfarrer war im Garten und baute irgendwas zusammen. Es sah aus wie ein Hühnerstall. Ich hatte gerade Zeit und als guter Christ ging ich ihm kräftig zur Hand. Als der Stall fertig war und die Hühner einzogen gab mir der Pfarrer einen Briefumschlag mit den Worten: *für dich, weil du so fleißig warst.* Erfreut über das Geldgeschenk dankte ich ihm herzlich und ging weiter. Ich musste ja noch zum Arlingerplatz. Unterwegs öffnete ich den Umschlag und fand darin nur einen Zettel auf dem stand:

Du bist Gottes Sohn,
du brauchst keinen Lohn.

Es dauerte eine Zeit, bis ich den Arlingerplatz fand und da saßen sie tatsächlich. Eddy, Norbert und Willy. Norbert fragte mich:

He Charly, hast du Felix gesehen?
Nein wieso?
Der geht mir tierisch auf den Keks.
Ich glaube, der hat einen an der Waffel.
Klarer Fall, sagte ich, das Bahlsen-Syndrom.

Auf dem Rückweg ging ich nochmal beim Pfarrer vorbei, klaute alle Hühner und hängte einen Zettel an den neuen Hühnerstall:

*Du bist Gottes Diener,
du brauchst keine Hühner.*

Nun fiel mir ein, ich wollte ja noch zum Friedhof um das Grab eines Bekannten zu besuchen. Das war schon lange fällig. Also ging ich zur Bushaltestelle. Dort stand ein Bus und wartete. Der Fahrer machte wohl gerade Pause. Ich fragte ihn durch die geöffnete Vordertür:

Können Sie mir sagen, wie ich am schnellsten zum Friedhof komme?
Natürlich, legen Sie sich doch einfach vor meinen Bus.

Der Kerl war sichtlich schlecht gelaunt und ich verzog mich. Ich habe schon ungewöhnliches erlebt, aber sowas noch nicht.

*

DIE MESS

Inzwischen war es bereits Juni geworden und die Nächte waren nicht mehr kalt. Wie jedes Jahr im Juni kam der Jahrmarkt (die Mess) auf den Pforzheimer Messplatz. Hier gab es immer Jobs für ein paar Stunden oder Tage und ich machte mich auf den Weg.

Die ersten Schausteller waren bereits eingetroffen und begannen mit dem Aufbau Ihrer Stände.

Die Schausteller suchen immer Mitarbeiter und Mitfahrer. Fast in jedem zweiten Schaustellerbetrieb hing ein Plakat mit entsprechendem Hinweis.

Ich wollte schon immer zum fahrenden Volk. Da kam man jede Woche in eine andere Stadt und lernte viele neue Leute kennen. Natürlich war die Bezahlung alles andere als gut. Trotzdem überlegte ich, wo ich mich bewerben könnte.

Die Achterbahn kam nicht in Frage. Hier musste man beim Auf- und Abbau schwerste Arbeit leisten. Das galt auch für das Riesenrad, für den Autoscooter und für andere große Fahrbetriebe.

Deshalb sah man hier auch nur Arbeiter aus dem Osteuropäischen Raum, die für wenig Geld schwere Arbeit leisteten.

Am einfachsten erschien mir eine Schießbude. Hier fuhr der Schausteller seinen Wagen direkt zu seinem Stellplatz, klappte die Lade hoch und war fertig. Kein mühsamer Aufbau und kein Abbau. Allerdings gab es ein Problem. Wenn ich abends auf dem Wagen stand und die Besoffenen mit den Luftdruckgewehren auf mich zielten, war das nicht ganz ungefährlich.

Natürlich konnte ich auch Lose verkaufen. Das waren Tagesjobs. Aber es war nicht meine Art, Leute anzuquatschen, damit sie mir ein paar Lose abnahmen. Und ich fand das Eimerchen mit den Losen, mit dem ich herumlaufen sollte, lächerlich.

Schließlich entschied ich mich für die Schiffschaukel. Die gab es schon seit meiner Jugendzeit. Ja ich glaube, die gab es schon im Mittelalter. Auf alten Bildern habe ich sie schon gesehen.

Der Aufbau und Abbau waren einfach und die Arbeit leicht. Man musste nur ab und zu auf einen Holzbalken treten, wenn die Schaukler übermütig wurden, oder wenn die Zeit vorüber war. Der Holzbalken diente als Bremse. Die Einweisung war einfach. Ich bewarb mich also als "Schiffschaukelbremser". Am nächsten Tag bekam ich auch schon die Ablehnung. Begründung: mangelnde Qualifikation.

Das ist doch der Hammer. Welche Qualifikation muss man eigentlich haben, um ab und zu auf einen Holzbalken zu treten? Ich entschied mich, doch nicht mit den Schaustellern zu fahren. Eigentlich war mein Leben als Berber viel schöner.

Ich schlenderte gemütlich über den Messplatz und sah dem bunten Treiben zu. Da entdeckte ich sogar einen Bekannten. Es war Ingo. Ingo war schwerreich. Er konnte sich sogar eine eigene Frau leisten. Ich sprach ihn an:

Hallo Ingo, was macht deine Frau? Ich habe euch schon lange nicht mehr zusammen gesehen.

Hör mir auf mit meiner Frau. Im Moment herrscht zwischen uns Eiszeit.

Ja, ja, in jeder Stadt gibt es eine böse Frau und jeder Mann glaubt, er hat sie.

Ingo winkte nur ab und fragte:

Warum hast du eigentlich nie geheiratet? Du bist ein intelligenter, wohlhabender und gutaussehender Mann.

Du hast die drei Gründe soeben genannt. Obwohl, das mit wohlhabend ist doch etwas übertrieben.

Dann ließ ich Ingo einfach stehen. Ich hatte genug von der Mess gesehen.

*

ZENTRUM

Heute war ich im Stadtzentrum unterwegs. Es gab einiges zu erledigen. Als erstes musste ich endlich mal zum Friseur. In der Innenstadt gab es genügend Friseurshops. Ich wählte einen aus, in dem die Azubis die Haare schneiden. Für nur 5 Euro.

Kaum hatte ich Platz genommen kam auch schon ein pickeliger 17-jähriger auf mich zu. Mir fiel gleich auf, dass er ziemlich dreckige Hände hatte:

Warum hast du so dreckige Hände?
Es war heute noch keiner da, zum Haare waschen.

Ich stand sofort auf und verließ den Shop. Gleich daneben war ein richtiges Friseurgeschäft. An der Auslage im Schaufenster konnte ich sehen, dass der Laden schon sehr alt war. Hier war ich richtig.

Ich setzte mich in den alten Frisierstuhl und harrte der Dinge, die da kommen. Der Meister hielt mit zittrigen Fingern das Rasiermesser und sagte:

Ich wette, es erkennt Sie keiner wieder, wenn ich Ihnen den Bart abrasiere.

Wetten, dass Sie auch keiner mehr erkennt, wenn Sie das machen?

Wir gingen friedlich auseinander und ich konnte mich nun wieder unter den Leuten sehen lassen. Allerdings stellte ich fest, dass es besser ist, deutlich "ja" oder "nein" zu sagen, statt den Kopf zu schütteln oder zu nicken, wenn man gerade die Haare mit einer spitzen Schere geschnitten bekommt.

Ich wollte mal wieder so richtig speisen und suchte nach einem Feinschmeckerlokal. Allerdings gab es da ein Problem. Ich sah überall nur Schnellgaststätten oder Fastfood-Shops. Dann fand ich doch noch unter dem Rathaus ein angemessenes Lokal und ging hinein. Ich wunderte mich noch, dass man mich hineinließ. Die hatten es wohl nötig.

Ich fand einen freien Tisch und nahm Platz. Dann fragte ich den Kellner:

Gibt es bei Ihnen etwas ganz besonderes?
Bei uns gibt es alles, was Sie sich vorstellen können.
Dann bringen Sie mir Ochsenzunge in Madeira.

Nach einiger Zeit stellte der Kellner ein Glas Madeira vor mich hin. Ich schaute das Glas an und protestierte:

Ich hatte Ochsenzunge in Madeira bestellt.
Den Madeira haben Sie vor sich. Nun hängen Sie ihre Zunge recht lange in das Glas. Dann haben Sie alles, was Sie gewünscht haben.

Verärgert stand ich auf und ging grußlos hinaus. Nun musste ich doch noch in ein Schnellrestaurant und fand auch eines, das mir zusagte, in der Fußgängerzone.
Als ich meine Mahlzeit beendet hatte verließ ich das Restaurant. Zwei Minuten später setzte ich mich wieder an den Tisch und verlangte die Speisekarte. Der Kellner sagte verwundert:

Sie haben doch eben erst gegessen?
Ich schlug mir auf die Stirn und meinte:
diese verdammte Drehtür.

In der Fußgängerzone begegnete mir eine tolle Biene. Ich versuchte mein Glück und baggerte sie an. Die tolle Biene lächelte Mitleidsvoll:

Sie bemühen sich vergebens. Ich gehe nur mit einem Mann, der ein Vermögen von mindestens 6 Nullen besitzt.
Da bin ich genau der Richtige. Mein Vermögen besteht nur aus Nullen.

Sie ließ mich einfach stehen und rauschte vorbei. In Gedanken verglich ich sie mit einem Osterei: außen angemalt aber innen ausgekocht.

In Gedanken ging ich die Leopoldstraße runter und kam an einem 1-Euro-Shop vorbei. Diese Läden gibt es inzwischen an jeder Ecke. Neugierig ging ich rein und fragte:

Gibt es bei Euch alles für 1 Euro.
Aber natürlich.
Prima, wo ist die Automobilabteilung?

Ohne Auto verließ ich den Shop und bog in die Zerrennerstraße ab. Nach wenigen Schritten stand ich vor einer Gemäldegalerie. Ich ging hinein und sah mich um. Dann fragte ich den Galeristen:

Sie haben da im Schaufenster einen "Van Gogh" für 19,90 Euro hängen. Ist das ein Original, oder eine Kopie?
Natürlich ein Original.
Aha. Aber, "Van Gogh" ist nicht mein Geschmack. Was kostet denn der grauenhaft hässliche Buddha da hinten?
Psssst…, das ist der Chef.

Ich ging wieder zurück in die Fußgängerzone. Inzwischen fiel mir auf, dass hier lauter irre Typen unterwegs waren. Ich fragte mich, ob heute das Irrenhaus Wandertag hat.

Kurz vor dem Kaufhof kam ich an einem Tabakwarenladen vorbei. Dort gab es auch Lose zu kaufen. Der Inhaber kam gleich auf mich zu und fragte geschäftig:

Wollen Sie ein Los kaufen? Sie können zwei Millionen gewinnen.
Die Gewinner werden benachrichtigt und in unserem Schaukasten aufgehängt.
Wann ist denn die Ziehung?
Am Samstag.
Lohnt sich nicht, ich brauche das Geld heute.

Ich ging weiter und kam an einem Jeansladen vorbei. Auf dem Schaufenster stand in großen Buchstaben: Mein Hosenladen ist täglich geöffnet. Ich ging rein und der Verkäufer kam gleich auf mich zu:

Wir haben Jeans zum halben Preis, aber der Reißverschluss ist hinten.
Macht mir nichts aus, ich drehe mich beim pinkeln immer um. Ich nehme zwei.

Wie sich aber dann herausstellte, hatte ich nicht genug Geld dabei. Ich ging also ohne Hosen hinaus.

Ich ging zurück zur Schlössle-Galerie. Hier war ich noch nie. Vor der Rolltreppe stand Eddy "der Esel" und zählte die Stufen. Ich tippte ihm auf die Schultern:

Wie viele sind es?
Ich bin schon bei 625 und es kommen immer noch welche.
Na gut, mach weiter.

Dann fuhr ich hinunter ins Untergeschoß. Dort waren immer irgendwelche Ausstellungen. Heute war ein Künstler im Auftrag einer Kosmetikfirma zu Gast. Der Künstler zeichnete von den Besuchern der Galerie Karikaturen. Natürlich war nicht jeder geeignet.
Als der Stuhl vor dem Künstler frei wurde, setzte ich mich sofort darauf und nahm die richtige Position ein. Der Künstler bat mich zu lächeln. Ich grinste. Der Künstler schaute mich an, seufzte und meinte:

Ach nein, lächeln Sie lieber nicht.

Dann kramte er in seinen Stiften und machte die ersten Striche auf dem Zeichenpapier. Plötzlich schüttelte er den Kopf, stand auf und sagte:

Ich brauche jetzt erst mal einen Kaffee.

Er ließ mich einfach sitzen und ging Kaffee trinken. Nach einer halben Stunde verlor ich die Geduld, stand auf und ging. Kaum hatte ich das Untergeschoß verlassen, nahm der Künstler vor seiner Staffelei wieder Platz. Das machte mich nachdenklich.

Nun fuhr ich mit der Rolltreppe nach oben und ging in ein großes Geschäft mit Drogerie-, Haushalts- und Büroartikeln. Vor einem Regal blieb ich stehen, um die Ware zu begutachten. Schon kam ein anderer Kunde und musste genau an die Stelle, an der ich stand. Ich ging weiter zum nächsten Regal. Wieder kam einer und musste genau da hin, wo ich stehen geblieben war. Als ich zum nächsten Regal ging passierte das Gleiche. Jetzt wurde es mir zu dumm. Manche drängen sich einfach vorbei. Manche entschuldigen sich und drängen dann vorbei. Schrecklich.

Mir ist vieles schon passiert, aber so etwas noch nicht. Ich gehe nicht mehr in Kaufhäuser.

*

SEDANPLATZ

Heute kam ich zufällig am Sedanplatz vorbei und betrat den Hopfenschlingel. Beim Wirt hatte ich noch Zechschulden. Der kam mir auch sofort entgegen und meinte:

Du hast bei mir schon seit Monaten keine Zeche mehr bezahlt. Ich will dir entgegenkommen und die Hälfte der Schulden vergessen, wenn du gleich bezahlst.
Weißt du was? Dann komme ich dir auch entgegen und vergesse die andere Hälfte.

Heute verstand er keinen Spaß und warf mich kurzerhand raus.
Vor dem Hopfenschlingel war ein großes Dreieck mit Mauern eingefasst. Im Innern standen Tische und Stühle. Und wen sah ich da? Willy, den Mops, Olaf, das Warzenschwein, Konrad den Brüllaffen und Timo die Spitzmaus. Da konnte ich nicht vorbeigehen und ich setzte mich zu ihnen. Willy erklärte gerade:

Ich habe viel von meinem Geld für Alkohol, Weiber und schnelle Autos ausgegeben.
Und der Rest?
Den habe ich einfach verschleudert.

Olaf hatte seinen Hund dabei, der unter dem Tisch lag. Er gab mächtig an und meinte:

Mein Hund hat eine ganz feine Nase. Er kann mich schon aus 50 Metern riechen.
Nicht nur dein Hund, sagte ich.

Bevor Olaf protestieren konnte meldete sich Konrad zu Wort:

Ich war gestern beim Arzt. Hatte starke Schmerzen im linken Knie.
Was hat er gemacht?
Mit einem Hämmerchen gegen das rechte Knie geklopft.
Und, hat's geholfen?
Nein, jetzt habe ich auch starke Schmerzen im rechten Knie.

Nun war Timo an der Reihe:
Ich habe letzte Woche ein Experiment gemacht.
Was für eines?
Ich habe versucht auf Alkohol, Zigaretten und Frauen zu verzichten.
Und, hattest du Erfolg?
Nein, das waren die längsten 10 Minuten meines Lebens.

Inzwischen hatte ich ein Glas Wodka bestellt. Der Kellner brachte den Wodka und dazu auch noch ein Glas Wasser. Die beiden Gläser standen vor mir und meine Kumpel schauten gespannt, was ich nun mache. Ich sagte:

Ich muss meinen Körper an die Gegensätze gewöhnen. Wenn er Wasser will, gebe ich ihm Wodka.
Wenn er aber Wodka will?
Dann lasse ich ihm seinen Willen.

Willy sinnierte:

Wenn ich gewusst hätte, dass man Wasser auch saufen kann, hätte ich mein Haus noch.

Timo saß inzwischen vor einer Flasche Wein und murmelte vor sich hin:

Trinke ich? Oder trinke ich nicht?
Mein Magen sagt ja. Mein Verstand sagt nein.
Mein Verstand ist der Klügere. Und der Klügere gibt nach.

Er nahm einen kräftigen Schluck aus der Flasche und lehnte sich zufrieden zurück. Plötzlich meinte er:

Ich glaube, jetzt ist mein Arsch eingeschlafen.
Darauf alle im Chor: ja, wir haben ihn eben Schnarchen gehört.

Inzwischen war es später Nachmittag und der Alkohol zeigte bei manchem schon Wirkung. Konrad fing laut an zu singen, ein altes Volkslied:

Am Brunnen vor dem Tore.
da steht ein Birnenbaum,
er trägt so süße Äpfel,
man sieht die Zwetschgen kaum.

Das war für mich das Signal zu verschwinden. Die anderen bemerkten nicht mal, dass ich wegging. Ich musste mir ja noch einen Schlafplatz suchen.

*

WALLBERG UND WILFERDINGER HÖHE

Als ich zum ersten Mal am Wallberg vorbeikam, war ich zu faul, um hinaufzusteigen. Das ließ mir keine Ruhe und heute wollte ich es packen. Es war noch nicht so heiß und der Aufstieg würde ein Kinderspiel werden.

Gegenüber vom Klinikum Siloah begann der Weg den Berg hinauf. Gut, dass das Krankenhaus in der Nähe war. Man kann ja nie wissen.

Anfangs ging es leicht bergauf. Dann wurde es immer steiler und zuletzt ganz steil. Der Bergsteiger würde wohl von einem Schwierigkeitsgrad 2-3 Sprechen.

Endlich hatte ich den Gipfel erreicht. Dort war bereits eine Schulklasse mit Teenagern. Die interessierten sich aber nicht für die Aussicht. Jeder war mit seinem Handy beschäftigt. Entweder mit Spielen oder mit einer SMS. Ich glaube, einer telefonierte sogar.

Ich wollte den herrlichen Rundblick über Pforzheim genießen. So war es jedenfalls in Büchern beschrieben. Leider sah ich wegen dem Dunst fast nichts. Nur ein paar verschwommene Häuser. Der ganze Aufstieg war ein Flop.

Wo ich schon mal hier war, konnte ich nun auch die Wilferdinger Höhe besuchen.

Zunächst ging ich die Karlsruher Straße entlang und staunte über die breiten Radwege. Mir fiel aber auf, dass auf den Wegen kein Radfahrer unterwegs war. Solche Radwege könnte man unten in der Stadt gebrauchen. Aber hier auf der Höhe?

Nachdem ich fast einen Kilometer gelaufen war sah ich auf der linken Seite einen Baumarkt. Ich musste dringend auf die Toilette und öffentliche Bedürfnisanstalten gab es auf der Höhe wohl keine.

Ich ging in den Baumarkt hinein und suchte nach einem Verkäufer. Das war gar nicht einfach. Entweder gab es keine, oder die hatten sich versteckt, als sie mich sahen. Endlich entdeckte ich einen Mann mit einem Baumarkt-Logo auf dem Hemd und fragte:

Wo sind denn hier die Toiletten?

Der Kerl deutete hinter sich und meinte:

Da, ganz hinten links im Regal.

Ich ging in die angezeigte Richtung und da standen jede Menge Kloschüsseln und Bidets im Regal. Aber die konnte ich nicht benutzen. Der Kerl hatte mich verarscht.

Ich verließ den Baumarkt und ging direkt zum Kaufland. Die hatten, wie ich mich erinnerte, eine Toilette. Ich schaffte es gerade noch hin, bevor ein Unglück passierte. Erleichtert stand ich vor dem Pissbecken.

Neben mir stand ein Herr und pinkelte ebenfalls. Plötzlich musste er niesen. Dabei fiel ihm die Brille herunter. Er bückte sich, um sie aufzuheben, dabei ließ er einen fahren. Staunend schaute ich zu und meinte:

Und mit den Ohren können sie gar nichts?

Er gab keine Antwort und ging zum Waschbecken. Ich ging zum Ausgang. Da rief der Kerl mir nach:

He, ich habe zu Hause gelernt, mir nach dem Pinkeln die Hände zu waschen.

Ich rief zurück:
He, ich habe zu Hause gelernt, mir nicht auf die Hände zu pinkeln.

Als ich das Kaufland verließ, lief mir eine junge, attraktive Dame über den Weg. Ich fragte sie:

Verzeihen Sie, Fräulein, gibt es hier in der Nähe auch ein Vergnügungszentrum?
Aber klar, mein Herr, es steht direkt vor Ihnen.

Ihr Angebot ehrte mich, aber für diese Art von Vergnügen hatte ich leider kein Geld und ging weiter.

Bald landete ich wieder an der Karlsruher Straße und hier kam ein Autohändler nach dem anderen. Früher waren alle in der Innenstadt, aber als es dort immer enger wurde, verlegten die meisten ihr Geschäft auf die Wilferdinger Höhe. Hier gab es noch genug Platz. Wenn man durch die ganzen Parkplätze ging, die vor den Autohäusern, Baumärkten oder Supermärkten waren, machte man viele Kilometer. Man brauchte gute Schuhe.

Bei einem Autohändler blieb ich stehen. Er hatte Sportwagen ausgestellt. Einer schöner als der andere. Ich war schon immer ein Fan von Sportwagen. Ein besonders tolles Cabrio wollte ich mir genauer ansehen. Als ich mich vorbeugte, um die feine Lederpolsterung zu erfühlen, entwich mir ein lauter Furz. Verlegen blickte ich mich um, ob jemand etwas bemerkt hatte. Plötzlich stand hinter mir ein Verkäufer. Peinlich berührt fragte ich:

Was kostet dieser wunderbare Wagen?

Darauf der Verkäufer:

Wenn Sie schon beim Berühren der Lederpolsterung furzen, werden Sie sich beim Preis in die Hose scheißen.

Beleidigt verließ ich das Autohaus und ging weiter. Schon stand ich vor dem nächsten Autohändler. In der Verkaufshalle standen lauter Mercedes herum. Hinter dem Empfangstresen erhob sich eine junge Dame und fragte:

Was kann ich für Sie tun?
Ich möchte ein Auto kaufen und brauche nähere Informationen.
Unsere Verkäufer sind leider alle oben im Schulungsraum. Soll ich ihnen einen runterholen?
Na, das nenne ich mal einen Service. Bei BMW hat man mir nur eine Tasse Kaffee angeboten.

Ohne Auto verließ ich die Wilferdinger Höhe. Es war Zeit, nach einem Schlafplatz zu suchen und hier oben war das schwierig. Ich nahm den Bus in die Stadt. Ich genoss den Nervenkitzel, als Schwarzfahrer erwischt zu werden. Leider kamen keine Kontrolleure. Auch gut.

*

MARKT

Heute war Samstag und Wochenmarkt. Eine gute Gelegenheit, um etwas Obst abzustauben. Kurz vor Ende des Marktes war die beste Zeit. Dann verschenken die Obsthändler manchmal ihre übrigen Früchte. Mitnehmen konnten sie das Obst nicht, denn bis zum nächsten Markttag wäre es verfault.

Zunächst schlenderte ich jedoch über den Markt und schaute mir die einzelnen Stände an. Bei einem Stand mit Birnen fragte ich die Marktfrau:

Sind das deutsche oder ausländische Birnen?
Wollen Sie die essen, oder mit ihnen reden?

Die war vielleicht unhöflich. Ich ging schnell weiter. Beim nächsten Stand sah ich Säcke mit Kartoffeln. Ich sagte zum Bauern:
Ich hätte gern Kartoffeln.
Männliche oder weibliche?
Gibt's da einen Unterschied?
Aber natürlich.
Dann hätte ich gern weibliche.
Der Bauer nimmt einen Sack und kippt die Kartoffeln auf den Tisch.
Was soll das? Schimpfte ich.
Weibliche sind ohne Sack.

Ich ließ ihn mit seinen weiblichen Kartoffeln stehen und ging weiter. Ich mag sowieso keine Kartoffeln. Höchstens in flüssiger Form.
Als ich am nächsten Stand vorbeikam, es war ein Stand mit Eiern, rief die Eierfrau mir zu:

Ich habe Eier, Klasse 1
Eier Klasse 2
Und Eier Klasse 3
Nicht schlecht, rief ich, haben Sie auch welche mit Schulabschluss?

Ich konnte mich gerade noch ducken. Sie hatte doch tatsächlich ein Ei nach mir geworfen.
 Langsam näherte sich der Markttag dem Ende zu. Das war meine Chance. Ich ging von Obststand zu Obststand, aber nirgends war etwas für mich übrig. So ein Mist. Dann sah ich auch den Grund für mein Pech. Alle übrigen Obstkisten wurden von Migranten für 5 Euro pro Kiste aufgekauft und die Händler waren damit sogar zufrieden. Ich nicht.
 Ja, mir ist vieles schon passiert, aber so etwas noch nicht.

*

VESPERKIRCHE

Von meinen Kumpeln hatte ich gehört, dass man in der Vesperkirche für 1 Euro essen konnte. Man bekam sogar noch Kaffee und Kuchen und auf den Weg Obst und Schokolade.

Die diesjährige Vesperkirche war in der Stadtkirche und ich machte mich dorthin auf den Weg. Vor der Kirche musste ich erstmal den Eingang suchen. Plötzlich fiel vom Dach ein Stück Dachziegel herunter. Es wäre mir fast auf den Kopf gefallen und nur durch einen beherzten Sprung zur Seite wurde ich nicht getroffen:

Gottverdammt, brüllte ich.

Der Pfarrer, der in diesem Moment aus der Kirche kam tadelte mich:

Anstatt den Herrn zu lästern, könnten Sie doch einfach "Scheiße" sagen, wie andere Leute auch.

Ich entschuldigte mich und betrat die Vesperkirche. Ich sah in die Runde und sah Felix "das Meerschweinchen". Leider war kein anderer Platz mehr frei und ich musste mich neben Felix setzen.

Felix hatte den Kopf verbunden und trug einen Arm in der Schlinge. Mit falschem Mitleid erkundigte ich mich, was passiert ist. Felix erzählte mir seine Geschichte:

Ich brauche dringend ein Hörgerät. Ich war auf dem Markt und hörte eine Frau schreien: frische Aprikosen, frische Aprikosen. Ich verstand aber: leck mich an den Hosen. Das tat ich auch und sie knallte mir eine Obstkiste auf den Kopf. Dann ging ich Richtung Rathaus und kam über die Gernikabrücke. Auf der Brücke blieb ich stehen und schaute mir die vielen Autos an, die unten hindurch fuhren. Ein Mann neben mir sagte: Wenn du da runterspringst bist du Mausetot. Ich verstand aber: wenn du runter springst kriegst du ein Butterbrot. Und jetzt komme ich direkt aus dem Krankenhaus. Nach dem Essen gehe ich gleich zum Ohrenarzt und lasse mir ein Hörgerät verschreiben.

Endlich kam das Essen. Es gab Erbsensuppe. Ich sagte zu dem freiwilligen Helfer:

Da ist ein Haar in der Suppe.
Der Helfer schaute nach und meinte: *nein, das ist ein Würstchen.*

Wortlos löffelte ich meine Suppe und bekam gleich danach das Hauptgericht. Irgendwas mit Fleisch, Kartoffeln und Gemüse. Mit dem

Fleisch hatte ich meine Mühe und rief den Helfer an den Tisch:

Ich kann das Fleisch nicht schneiden.

Der Helfer nahm meinen Teller, ging in die Küche und rief:

He Anton, ich habe deinen Spülschwamm gefunden.

Ich wartete vergeblich auf einen neuen Teller. Inzwischen hatte ich aber auch keinen Hunger mehr.
Zum trinken gab es Apfelsaft. Ekelhaft. Schließlich kam der Kuchen. Ich biss ein Stück davon ab und erstickte fast. Ich rief wieder den Ehrenamtlichen:

Der Kuchen ist viel zu trocken.
Dann machen Sie den Mund zu, damit es nicht so staubt.

Anscheinend ging ich dem Mann so langsam auf die Nerven. Nun musste ich auch noch auf die Toilette. Ich rief den Kerl wieder an den Tisch und fragte:
Habt ihr eine Toilette?
Nein, haben wir nicht.
Wir scheißen in die Nagold.

Ich glaube, der Kerl konnte mich nicht leiden.

Am Ausgang bekam ich dann doch noch eine Tüte mit Obst und etwas Schokolade. Das versöhnte mich wieder. An der Tür stand der Pfarrer und erkundigte sich bei jedem, ob er auch zufrieden war. Jetzt konnte ich meinen Frust abladen:

Also, der Apfelsaft war trüb,
der Helfer roch nach Schweiß,
das Besteck war dreckig und der Tisch war
auch nicht sauber.
Das freut mich aber.
Wieso freut Sie das?
Sie sind heute der Erste, der nicht über das Essen stänkert.

Ich habe schon manches erlebt, aber sowas noch nicht.

*

SÜDWESTSTADT

Heute war Samstag und ich war mal wieder auf der Suche nach leeren Flaschen. Ich nahm mir die Südweststadt vor. Hier war bestimmt keine Konkurrenz unterwegs.

Die Südweststadt wird im Süden von der Friedenstraße begrenzt. Diese zieht sich in einem großen Bogen bis ins Zentrum. Im Norden bildet die Werner-Siemens-Straße die Grenze, im Westen die Ottersteinstraße und im Osten die Jahnstraße.

Ich begann meinen Aufstieg wieder am Pfarrhaus. Dann wurde es immer steiler, vorbei an der Otterstein-Schule und direkt hoch bis zur Hercyniastraße. Hier musste ich erstmal verschnaufen und hatte Zeit zum Nachdenken. Die Südweststadt war ein reines Wohngebiet und hier lagen keine leeren Flaschen in der Gegend herum. Auch sah ich nirgends Papierkörbe. Was sollte ich also hier.

Ich überquerte die Hercyniastraße und sah, dass es auf der anderen Seite nur noch bergab ging. Das gefiel mir schon besser. Auf dieser Seite des Berges waren keine Häuser, nur Gärten und Streuobstwiesen. Das ganze Gelände war wohl im Besitz von Privatleuten. Sonst wäre es längst als Bauland oder Bauerwartungsland ausgewiesen worden.

Städte und Gemeinden legen Gelände nur noch um, wenn sie im Besitz von mindestens 70% der Fläche sind. In manchen Städten geht das sogar bis 100%. Private Besitzer von solchen Gärten oder Wiesen brauchen sich keine Hoffnungen zu machen, dass ihr Eigentum irgendwann zu Bauland wird. Ein typisches Beispiel ist die große Ried auf dem Hämmerlesberg.

Ich ging also durch die Gärten und Wiesen bergab. Unten im Tal stand ich nun vor der Brötzinger Brücke. Mitten auf der Brücke stand eine junge Frau und schaute hilflos auf den Plattfuß ihres Wagens. Hilfsbereit ging ich hin und in wenigen Minuten hatte ich das Rad gewechselt. Als ich gerade den Wagenheber im Kofferraum verstauen wollte, sagte die Dame:

Bitte seien Sie recht leise, mein Mann schläft hinten im Wagen.

Nun ging ich weiter Richtung Marktplatz Brötzingen. Da sah ich auf der linken Seite den Riesenbau des neuen Kauflandes und mir fiel ein, heute war ja Richtfest. Mit Büfett und allem Drum und Dran. Besonders mit vielen Getränken. So etwas ließ ich mir doch nicht entgehen.

In dem Neubau waren so viele Leute unterwegs, dass ich gar nicht auffiel. Bauarbeiter, Handwerker und Honoratioren der Stadt. Mich hielt man wegen meiner Kleidung wohl für einen Bauhelfer.

Ich stand am Büfett und hatte mir einen Teller von den feinsten Delikatessen aufgehäuft. Ich kaute mit allen vier Backen und sagte mit vollem Mund zu meinem Nachbarn:

Also, wissen Sie, so ein Richtfest ist einen tolle Sache. Keiner kennt den anderen. Man geht einfach hin, ohne Einladung selbstverständlich, und schlägt sich den Bauch voll. Dann haut man wieder ab.
Sie sind also nicht eingeladen?
Ach woher denn. Und Sie? Wie sind Sie hierhergekommen?
Ich bin der Bauherr.

Vor Schreck blieb mir der letzte Bissen im Hals stecken. Zum Glück kam in diesem Moment der Baubürgermeister und schleppte den Bauherrn mit sich. Ich war gerettet.

Trotzdem fühlte ich mich nicht mehr wohl. Ich hatte auch einen Druck auf der Brust. Wahrscheinlich hatte ich zu viel in mich hineingestopft. Inzwischen hielt der Bürgermeister auch noch eine langweilige Rede, Grund genug, die Gesellschaft zu verlassen.

Ich ging die Burgstraße hoch, bog rechts in die Westliche ein und kam zum Marktplatz. Ich hatte vom "Brötzinger Samstag" gehört, einem Straßenfest das seit über 30 Jahren hier regelmäßig stattfindet. Ich sah aber keinerlei Buden oder Stände. Deshalb wollte ich einen Brötzinger danach fragen. Leider sah ich nur Migranten auf der Straße. Also fragte ich einen und der antwortete mir mit:

Götüm sik tir lan (leck mich am Arsch)

Der Kerl war größer als ich, deshalb ging ich verärgert weiter. Dann fand ich doch noch einen Einheimischen. Der erklärte mir:

Der Brötzinger Samstag ist erst im September.

Ich war wohl etwas zu früh dran und ging weiter bis zum Stadtmuseum. Hier sah ich das alte Brötzinger Wappen. Es zeigte ein silbernes Hufeisen auf blauem Hintergrund, dazwischen ein großes goldenes B. Das war eindeutig schöner, als das Pforzheimer Stadtwappen.

Inzwischen war ich aber doch ziemlich müde geworden und suchte nach einer billigen Fahrgelegenheit. Vor der Fritz-Erler-Schule fand ich ein Fahrrad das nicht abgeschlossen war. Das konnte ich mir ausleihen. Der Besitzer hatte sicher nichts dagegen. Auf dem Gepäckträger war sogar ein Fahrradhelm und der passte auch noch. Eine Fügung des Schicksals.

Ich fuhr mit dem Rad in die Innenstadt und machte einige Besorgungen. Unter anderem musste ich in die Schlössle-Galerie. Dort war eine große Drogerie, die auch Haushaltswaren führte. Ich fragte eine Verkäuferin nach Besen. Sie führte mich zum richtigen Regal. Ich fragte:

Haben Sie leicht verdauliche Besen?
Wieso das?
Ich habe eine Wette verloren.

Sie lachte und ging einfach weg. Da hörte ich über die Lautsprecher: Manager an Kasse 1, Manager an Kasse 1. Neugierig ging ich vor zu den Kassen. Den Manager wollte ich mal sehen. Da kam aber kein Mann im dunklen Anzug, wie man sich einen Manager vorstellt. Da kam eine ganz normale Verkäuferin. Die hatte lediglich den Kassenschlüssel. Das war also der "Manager". Diesen Unsinn haben wir von den Amerikanern übernommen.

An der Kasse stand eine junge Mutter. Sie sagte zu ihrem 3-jährigen: Gib den Geldschein der hübschen Kassiererin. Der Junge musterte die Kassiererin, dann lief er zur Kasse daneben und gab der anderen Kassiererin den Schein.

Ich musste lachen und ging ohne Besen aus dem Geschäft. Ganz in der Nähe war der Sparkassenturm. Da wollte ich immer mal hochfahren. Dafür sollte ich aber Geld zahlen. Das kam überhaupt nicht in Frage. Ich verließ kopfschüttelnd den Fahrstuhl und sagte zu den draußen wartenden:

*Gehen sie nicht rein,
die Spülung ist kaputt.*

Die Leute blieben tatsächlich draußen und ich hatte der Sparkasse das Geschäft versaut. Ich ging weiter zum Kaufhof. Vor dem Eingang saß ein Bettler mit einem Pappschild vor sich:

Bitte geben Sie mir etwas Geld, damit ich zu meiner Familie kann.

Ich hatte Mitleid und warf eine Münze in seinen Becher, dann fragte ich neugierig:

Wo ist denn deine Familie?
Dort drüben in der Kneipe.

Als ich zu meinem Rad zurückkam sah ich einen Mann, der neben meinem Rad kniete und sich daran zu schaffen machte. Ich rannte sofort hin und verpasste dem Kerl mit meinem Fahrradhelm einen ordentlichen Schlag gegen den Rücken. Der Kerl fiel bewusstlos zur Seite. Da sah ich, dass er sich ja nur die Schnürsenkel zugebunden hatte. Bevor er wieder zu sich kam, stieg ich auf mein Rad und sauste davon. Man könnte sagen: der Kerl war zur falschen Zeit am falschen Ort.

So langsam musste ich mich wieder nach einem Schlafplatz umsehen.

*

KUPFERHAMMER

Die letzte Nacht hatte ich wieder einen Schlafplatz in Dillstein. Heute wollte ich mal zum Kupferhammer. An der Davosbrücke musste ich mich entscheiden. Gehe ich auf dem Habermehlpfad (Das Schwarze Wegle) oder auf dem Davosweg? Auf dem Habermehlpfad sieht man zwar keine Hunde, aber da ist es ziemlich dunkel. Da kommt kein Sonnenstrahl hin. Und in der Nacht ist es dort wie in einem Kohlenkeller. Deshalb auch von den Einheimischen der Name "Das Schwarze Wegle".

Ich entschied mich für den Davosweg. Da schien die Sonne hin und alle paar Meter war auch eine Sitzbank. Als ich die Hälfte der Strecke hinter mich gebracht hatte setzte ich mich erstmal auf eine Bank und genoss die himmlische Ruhe. Ich war tief in Gedanken versunken und nahm die herrliche Landschaft in mir auf. Auf der Wiese tollten ein paar Hunde und auf den Holzbänken der Sitzgruppe hatten sich trinkfreudige Männer niedergelassen. Ich war kurz davor einzuschlafen, da schiss mir eine Amsel auf den Kopf. Die schöne Idylle wurde jäh zerstört.

Ich ging weiter zur nächsten Bank, schaute aber zuerst noch oben. Gut, kein Vogel war zu sehen. Auf der Bank saß ein Typ mit dem ich ins Gespräch kam. Ich erzählte ihm von meinem beschissenen Tag und drehte mir dabei einen Joint. Als ich ihn um Feuer bat, zückte er einen Polizeiausweis. Er war ein Bulle in Zivil. Das war heute nicht mein Tag. Aber er war wohl von meiner Geschichte beeindruckt und verwarnte mich nur.

Bevor er es sich anders überlegte ging ich auf die Wiese und legte mich in die Sonne. Es war schön warm und ich machte den Oberkörper frei. Einige Kinder kamen näher und bestaunten meine Tätowierungen auf beiden Oberarmen. Ein kleiner Junge fragte neugierig:

Gehen die Bilder beim Waschen ab?
Junge, woher soll ich das wissen?

Nach einiger Zeit wurde es mir doch zu warm. Ich stand auf und ging weiter bis zur Kallhardbrücke. Dann überquerte ich die Nagold und ging bis zum Goldenen Tor. Das Goldene Tor, oberhalb der Gaststätte war der Eingang zu dem bekanntesten Fernwanderweg, dem Westweg von Pforzheim nach Basel. Ich ging die Treppe hoch und durch das Tor. Nun war ich auf dem Westweg, auf der ersten Etappe. Das reichte mir schon, ich ging wieder zurück. Ein paar Schritte den Berg hoch und ich stand vor dem Auerbach-Denkmal. Was für eine Schande. Da war nur ein großer Stein in dem der Name des Dichters eingemeißelt war. Ziemlich ärmlich.

Ich ging den Berg wieder runter zur Gaststätte. Hier waren im Freien Tische und Stühle aufgestellt und ich fand einen freien Platz. Nachdem ich längere Zeit auf einen Kellner gewartet hatte fragte ich meinen Tischnachbarn:

Wie sind denn hier die Schnecken?
Nicht besonders, sie haben sich als Kellner verkleidet.

Endlich kam einen junge Dame und wollte meine Bestellung aufnehmen. Ich sagte:

Ich habe Gestern hier einen Hunderter verloren. Wenn Sie ihn finden, geben Sie ihn mir bitte zurück.
Natürlich, mein Herr. Aber wenn ich ihn nicht finde?
Dann können Sie ihn behalten.

Sie sah mich entgeistert an. Sie hatte mich wohl nicht verstanden. Dann wollte ich endlich etwas zu essen bestellen. Sie begann aufzuzählen:

Ich habe Rindsleber, Schweinskopf und Hühnerbrust. Was darf ich bringen?
Ich habe Kopfweh, Ohrensausen und Hühneraugen und nehme ein Schnitzel mit Pommes.

Sie kritzelte etwas auf ihren Block, riss den Zettel ab und legte ihn auf den Tisch. Dann ging sie weg. Ich dachte, da hat sie mir ihre Telefonnummer aufgeschrieben und hob den Zettel auf, darauf stand nur ein Wort: Blödmann. Die junge Dame kam nicht wieder.
Endlich erbarmte sich ein Kellner und kam an den Tisch:

Was wünscht der Herr?
Eine Flasche Weniger.
Was ist denn das?
Weiß ich auch nicht, aber mein Arzt meinte, ich soll das trinken.

Der Kellner drehte sich wortlos um und ging weg. Heute musste ich wohl woanders essen und trinken. Ich habe schon etliches erlebt, aber so etwas noch nicht.

*

ÄRZTE

Heute wollte ich mal zum Arzt. Ja, auch ein Berber muss mal zum Arzt. Ich war in der Innenstadt unterwegs, da lief mir mein alter Arzt, der mich einst behandelte, über den Weg und sprach mich sofort an:

Ich habe Sie schon lange nicht mehr in meiner Praxis gesehen.
Vor 5 Jahren sagten Sie zu mir, ich hätte höchstens noch 6 Monate zu leben. Deshalb ging ich damals zu einem anderen Arzt. Und, was sagen Sie nun?
Der hat Sie eindeutig falsch behandelt.

Dann ließ er mich einfach stehen und ging weiter. Endlich erreichte ich die Arztpraxis. Ich war schon lange nicht mehr beim Arzt, deshalb hatte ich mir vorsichtshalber einen Termin geben lassen. Trotzdem musste ich zwei Stunden warten, bis ich ins Behandlungszimmer gebeten wurde. Dort saß ich nochmal einen halbe Stunde. Endlich kam der Arzt.

Ich beschwere mich über die lange Wartezeit und er meinte: heute hatte ich nur Notfälle, ohne Termin und ich sollte aufhören zu meckern. Nach gründlicher Untersuchung schaute er mich ernst an und meinte:

Mit Ihrem Leiden hätten Sie schon viel früher zu mir kommen sollen. Jetzt ist es chronisch geworden und zu spät für eine Therapie.
Nun wurde ich grantig: *vor zwei Jahren war ich doch hier. Damals nannten Sie mich einen Simulanten.*
Er hörte überhaupt nicht zu und sagte: *Hier verschreibe ich Ihnen Zäpfchen, die könnten helfen. Auf keinen Fall schaden sie Ihnen.*
Verschreiben Sie mir lieber Tabletten. Zäpfchen mag ich nicht, die kleben immer so an den Zähnen.

Zu dem Arzt würde ich nicht mehr gehen. Außerdem musste ich sowieso mal wieder zum Internisten.

Der Internist war gleich viel freundlicher und wollte sogar meine Füße sehen. Darauf war ich nicht vorbereitet. Als ich die Socken ausgezogen hatte meinte er:

Sie hätten sich aber mal die Füße waschen können.
Das hat mir auch mein Hausarzt geraten, aber bevor ich was unternehme, wollte ich erst den Facharzt fragen.

Das nahm er mir aber nicht ab. Trotzdem wollte er mir Pillen verschreiben. Ich protestierte:

Bitte keine Pillen mehr. Beim letzten Mal hatte ich echt Schwierigkeiten, diese großen Pillen zu schlucken.

Ich zeigte ihm eine und der Doktor meinte lachend:

Ach, Sie waren das, der beim letzten Mal meine Tennisbälle mitgenommen hat.

Ich war nun doch froh, dass ich alle Arzttermine hinter mir hatte und wurde am nächsten Tag prompt von einem kleinen Hund in die Hand gebissen. Dabei wollte ich ihn nur streicheln. Die Bisswunde war nicht sehr groß, trotzdem ging ich zum Arzt. Der wollte mich auch gleich gegen Tollwut impfen. Ich verlangte Papier und Kugelschreiber. Der Arzt musste lachen:

So schlimm wird's doch nicht werden. Sie brauchen ihr Testament noch nicht zu machen.
Will ich auch nicht. Ich schreibe mir nur die Leute auf, die ich beißen will.

*

KRANKENHAUS

Leider war der Hundebiss doch nicht so harmlos. Ich bekam eine Infektion und musste kurz ins Krankenhaus. Es sollte ja nur ein kleiner Eingriff werden. Normalerweise macht das der Pförtner, aber der hatte gerade seinen freien Tag.

Ich gebe zu, ich bin ein Feigling. Vor dem Eingriff war ich ängstlich und davon überzeugt, dass jetzt alles zu Ende geht. Als ich aus der Narkose erwachte, glaubte ich, ich sei bereits tot. Ich prüfte erstmal, ob ein Zettel am großen Zeh angebunden war. Das war nicht der Fall. Vielleicht war der wieder abgefallen? Der Arzt versuchte mich zu überzeugen, dass ich noch lebe. Vergeblich.

Er maß meine Körpertemperatur und zeigte mir den Fiebermesser. Ich sagte: *das ist noch die Restwärme*. Alle Versuche des Arztes, mich zu überzeugen, schlugen fehl. Schließlich sagte er zu mir:

Glauben Sie, dass Leichen bluten?
Eigentlich nicht.

Er nahm eine Nadel und stach mir in den Finger. Dieser begann sofort zu bluten. Der Arzt:

Und, was sagen Sie jetzt?
Ich habe mich getäuscht.

Leichen bluten doch.

Kopfschüttelnd ging der Arzt aus dem Zimmer und ließ mich einfach liegen. Ich habe schon Schlimmes erlebt, aber so etwas noch nicht.

*

EMMA

Ich war wieder mal in der Stadt unterwegs und traf meinen Kumpel Max. Er fragte:

Ich gehe gerade ins Hallenbad. Kommst du mit?
Ach weißt du, schwimmen kann ich nicht und pinkeln muss ich nicht.
Na komm schon, ein Tag im Bad kann dir nicht schaden. Du brauchst ja nicht ins Sportbecken. In allen anderen Becken kannst du stehen.

Ich ließ mich breitschlagen und ging mit. Unterwegs erzählte ich ihm von meinem Traum:

Stell dir vor, heute Nacht hatte ich einen schrecklichen Traum. Ich träumte, ich sei verheiratet und meine Frau wäre schwanger. Als ich auf der Entbindungsstation war, kam eine Schwester mit 3 Babys auf dem Arm. Guter Service, sagte ich, ich nehme den in der Mitte. Die Schwester lachte und meinte: halten Sie mal die Drei, ich hole den Rest. Ich fiel in Ohnmacht. Dann wachte ich schweißgebadet auf und erkannte, das war doch nur ein Traum. Jetzt traue ich mich überhaupt nicht mehr zu heiraten.

Und schon standen wir vor dem "Emma". An der Kasse meinte die Kassiererin:

Wenn Sie eine Zehnerkarte nehmen, sparen Sie Geld.
Nein danke, weiß ich denn, ob ich noch 10 Jahre lebe?

Wir gingen in die Umkleide und zogen uns aus. Dann duschten wir 10 Sekunden. Ohne Dusche darf man nicht in den Badebereich.
Da ich noch nie hier war fragte ich den Bademeister nach den Schwimmbecken. Er sagte:
Wir haben ein Becken mit warmem Wasser, eines mit kaltem Wasser und eines ohne Wasser.
Wofür ist das ohne Wasser?
Für Nichtschwimmer.

Der Kerl machte sich über mich lustig.
Zuerst gingen wir in den Solebereich. Dort war das Wasser salzig und angenehm warm. Dann gingen wir hinüber in das Nichtschwimmerbecken und stellten uns an die Düsen an der Wand. Ein Teil des Beckens war abgesperrt und darin machten junge Mütter Babyschwimmen. Mir fiel mein Traum wieder ein und ich sagte zu Max:

*Ich glaube, wir sind im falschen Becken.
Lass uns in den Außenbereich gehen.*

Als wir am Sportbecken vorbeikamen sahen wir eine Schulklasse mit Halbwüchsigen. Die durften Sprünge vom 1-Meter-Brett machen. Jeder zweite war übergewichtig, einige sogar dick und Einzelne fett. Da waren ein paar ganz schöne Brummer dabei. Ich sagte zu Max:

Früher hieß es, iss deinen Teller auf sonst scheint Morgen die Sonne nicht. Und was haben wir heute? Dicke Kinder und globale Erwärmung.

Einige Zeit lang hielten wir uns im Außenbereich auf. Bis mir Max erzählte, dass hier vor einigen Monaten ein junger Mann ertrunken ist. Nun hatte ich genug vom Bad und drängte zum Gehen.
Vielleicht würde ich wieder mal hierher kommen. In diesem Jahr. Oder im Nächsten. Irgendwann.

*

Die Au

Heute wollte ich in die Au. Ich hatte eine Frau kennengelernt und war von ihr eingeladen worden. Die Au ist ein Stadtteil in der Stadtmitte, am Ufer der Nagold und der Enz. Sie wird auch "Flößerviertel" genannt. Am bekanntesten sind Auerbrücke, Schelmenturm und Lindenplatz. Die Au wird vorwiegend von Migranten bewohnt. Gefühlter Ausländeranteil 120%.

Bevor ich mich auf den Weg machte ging ich erst noch zur Apotheke. Ich brauchte nur ein Nasenspray. Die Apothekerin fragte nach meinem Namen und sah in ihrem Computer nach. Dann meinte Sie streng:

Sie haben schon lange nicht mehr bei uns eingekauft. Eigentlich müssten Sie alle Taschentuchpäckchen der letzten Jahre zurückgeben.

Ich dachte, die macht Witze. Aber sie lachte überhaupt nicht. Als Sie mein überraschtes Gesicht sah, lachte sie plötzlich los. Ich war erleichtert, es war doch ein Witz.

Endlich erreichte ich mein Ziel. Meine zukünftige Freundin wollte mich erst ihren Eltern vorstellen. Als ihre Eltern mich erblickten brachen sie in völlig irres Gelächter aus. Ich verstand und ging. Ich würde mir wohl eine andere Freundin suchen müssen.

Ich habe schon schlimme Dinge erlebt, aber sowas noch nicht.

*

BLUMENHOF

So langsam neigte sich der Sommer zum Ende und ich musste sehen, wie ich am Besten in den Süden reisen konnte. Zuerst wollte ich zum Hauptbahnhof und nachsehen, welche Züge regelmäßig in den Süden fuhren.

Am Eingang fiel mir ein Schild in englischer Sprache auf: no smoke area oder don't smoke area. Was das wohl bedeutet? Ich wusste, dass seit einigen Jahren auf dem Bahnhof Rauchverbot herrschte. Ein einfaches Schild "Rauchen verboten" wäre doch viel verständlicher? Mein persönliches Fazit: das schönste am Pforzheimer Hauptbahnhof ist der Schnellzug nach Karlsruhe.

Ich ging zum Info-Schalter. Der war natürlich nicht besetzt. Aber da lagen dicke Bücher mit den Fahrplänen herum. Einer wanderte in meine Tasche.

Nun ging ich den Schloßberg hinunter und kam in den Blumenhof. Dort hatten sich einige bekannte Gesichter versammelt. Auf einer Bank saßen Eddy, Olaf, Max und Ingo. Zwischen ihnen stand eine Kiste mit Bier. Ich setzte mich dazu und fragte Eddy:

Trinkt ihr eigentlich jeden Tag?
Nein, nur an Tagen die auf G enden und mittwochs.

Dann fragte ich Eddy:

Musst du heute nicht arbeiten?
Nein, ich hatte keine Lust zur Arbeit zu gehen und habe meinem Chef einen Brief geschrieben.
Was hast du geschrieben?
Lieber Chef, ich muss heute der Arbeit fernbleiben. Ursache: Erbrechen und Kopfschmerzen. Es ist auch etwas Schwindel dabei.
Da hast du dich aber vornehm ausgedrückt.

Nun wollte uns Olaf etwas mitteilen:

Stellt euch vor was mir passiert ist. Heute früh nehme ich eine Aspirin aus der Packung und will sie schlucken. Die Tablette fällt mir auf den Boden. Eigentlich finde ich nicht mehr, was runtergefallen ist. Aber die Tablette entdeckte ich sofort. Ich hob sie auf und schluckte sie. Zwei Stunden später fand ich unter dem Tisch die Aspirin. Nun frage ich mich, was ich da eigentlich geschluckt habe.

Alle nickten verständnisvoll. Bis auf Ingo:

Ihr habt vielleicht Probleme. Mir wurde gestern meine goldene Uhr geklaut und ich bin sofort zur Polizei und habe das angezeigt. Heute fand ich die Uhr zu Hause in einer Schublade. Ich ging sofort aufs Revier und wollte die Anzeige zurücknehmen. Der Revierleiter meinte: zu spät, wir haben den Dieb bereits festgenommen.

Nun zeigte Max voller Stolz seine neue Uhr herum. Ich fragte ihn:

Wo hast du denn die tolle Uhr her?
Von einer amerikanischen Millionärin.
Was? Das gibt's nicht. Wie heißt die?
Woolworth.

Dann sah ich, dass er Turnschuhe über der Schulter trug:

Wohin gehst du?
Ich gehe Laufen.
Warum so vornehm, früher gingst du doch immer saufen.

Inzwischen wurde es bereits dunkel und ich musste dringend nach einem Schlafplatz schauen.

Ich war wieder nach Dillstein gegangen, dort hatte ich bisher immer Glück mit den Schlafplätzen. Am Ortseingang läutete ich an einer Tür. Vielleicht konnte ich noch etwas Essen schnorren. Eine ältere Dame machte auf und weinte bitterlich. Ihre Katze war gerade verstorben. Das war die Gelegenheit. Ich bot ihr an, die Katze hinter dem Haus im Garten zu vergraben. Als ich damit fertig war kam die alte Dame um sich nochmal von ihrem Liebling zu verabschieden. Plötzlich schrie sie auf und fing an zu weinen. Ich sah genauer hin. Eine Katzenpfote ragte noch aus der Erde heraus. Schnell verscharrte ich den Rest der Katze und verdrückte mich. Hier würde ich sicher nichts mehr zu essen bekommen.

Nun war es schon Nacht und ich musste mich beeilen. Ich war auch nicht mehr ganz nüchtern. Plötzliche fiel mir ein Blumentopf auf den Kopf. Zum Glück sind die meisten Blumentöpfe heute aus Plastik. Trotzdem rief ich nach oben:

Eine Unverschämtheit.

Prompt kam die Antwort aus dem ersten Stock:

Nein, eine Geranie.

Ich taumelte weiter bis zum Ludwigsplatz und stieß mit dem Kopf an eine Laterne. Wo kam die plötzlich her? An der Laterne hing ein Zettel: Wohnung zu vermieten. Prima, dachte ich, ich könnte schon mal eine Wohnung gebrauchen. Ich klopfte an die Laterne. Keiner machte auf. Ich klopfte und klopfte. Nichts. Ein Polizist hatte mich von der anderen Seite aus beobachtet und kam herüber:

Sagen Sie mal, was machen Sie hier eigentlich?
Ich deutete auf den Zettel: ich klopfe und klopfe, aber Niemand macht auf.

Der Polizist sah mich an, dann die Laterne, dann meinte er:

Das gibt's doch gar nicht, es muss jemand da sein, da oben brennt doch Licht.

Für heute war ich bedient und suchte mir ein schönes Gartenhäuschen, dicht an der Nagold.

*

Sozialer Dienst

Nun ist es passiert. Wegen einiger kleiner Delikte stand ich vor dem Richter. Eine Verurteilung zu einer Geldbuße kam nicht in Frage, ich hatte ja kein Geld. Ich schlug dem Richter eine Haftstrafe von 10 Tagen vor. Der Richter war jedoch ziemlich fies:

Freie Unterkunft und Verpflegung? Kommt nicht in Frage. Das wäre für Sie keine Strafe, sondern eine Belohnung. Ich verurteile Sie zu 20 Stunden sozialem Dienst.

Ich hatte keine rechte Vorstellung davon, wie dieser Dienst wohl aussieht und meldete mich beim Amt für Öffentliche Ordnung. Dort erhielt ich einen Kittel und eine Hose, orangefarben mit silbernen Reflektoren. Dazu einen Greifer und einen großen blauen Sack. Der Beamte sagte zu mir:

Das ist Ihre Grundausrüstung. Damit sammeln Sie Papier und anderen Unrat auf, der in der Gegend herumliegt. Das stecken Sie in den Sack und wenn der Sack voll ist, stellen Sie ihn an den Straßenrand. Er wird dann von unseren motorisierten Straßenkehrern abgeholt. Ihr Einsatzgebiet ist der Schlossberg zwischen der Burgruine Krä-

heneck und dem Sonnenhof. Und denken Sie daran, Sie werden beobachtet, ob Sie die Arbeit auch sorgfältig machen.

Dann entließ er mich. Ich dachte, der Schlossberg wäre mitten in der Stadt und schaute auf den Stadtplan. Tatsächlich, das Waldgebiet zwischen der Burgruine Kräheneck und dem Sonnenhof hieß tatsächlich Schlossberg.

Ich packte Sack und Greifer und machte mich auf den Weg. Auf dem Entensteg überquerte ich die Nagold. Dann ging es steil den Berg hinauf zur Burgruine Kräheneck. Ich schaute mich immer wieder um, sah aber keinen anderen Menschen. Wie wollten die mich also beobachten?

Trotzdem fing ich an Unrat einzusammeln. Hier lagen Zigarettenschachteln und Getränkeverpackungen herum. Auch alle möglichen anderen Papiere. Bis ich zur Burg hochgestiegen war, hatte ich den Sack schon halb gefüllt. Unterhalb der Burgmauer lagen noch mehr Papiere. Darunter sogar Schulhefte. Von dem letzten Regen war alles noch klatschnass. Was war hier wohl geschehen?

Mein Sack wurde immer schwerer und ich schleppte mich den Schlossweg hinauf bis zum Sonnenhof. Hier war es bedeutend sauberer. Hier kamen wohl selten Menschen vorbei.

Auf dem Steinackerweg ging ich nun wieder hinunter bis zur Liebfrauenkirche. Unterwegs fand ich noch ein paar Kleinigkeiten. Als ich unten in Dillstein ankam, war mein Sack voll. Ich stellte ihn am Ludwigsplatz ab und schaute auf die Uhr. Ich war gerade mal 5 Stunden unterwegs.

Dann ging ich zum Ordnungsamt und meldete Vollzug. Der Beamte nahm einen Zettel aus der Schublade und notierte die 5 Stunden. Damit blieben immer noch 15 Stunden übrig. Morgen, sagte er, nehmen Sie sich den Hämmerlesberg vor, bis zum Hoheneck. Dann gab er mir zwei blaue Säcke mit. Ich ahnte Schlimmes.

*

HÄMMERLESBERG

Am nächsten Tag begann ich meinen Dienst unterhalb des Nagoldbades auf dem Hämmerlesbergweg. Früher sagten die Leute zu diesem Weg "Sonnenweg" weil dort den ganzen Tag die Sonne hin schien. Ob der Weg tatsächlich so einmal hieß? Ich weiß es nicht. Auf jeden Fall schien heute keine Sonne, also war es auch egal, wie der Weg nun heißt.

Der Weg zog sich parallel zur Hirsauerstrasse in einem großen Bogen bis hinauf zum alten Dillsteiner Turnplatz. Unterwegs fand ich einigen Unrat, aber viel weniger, als ich erwartet hatte. Hier lief wohl kaum noch jemand herum.

Am Turnplatz bog ich rechts ab und ging durch die Kleingartenanlage. Zuerst kam ich durch den "Riedwald", dann durch das "Bürgrieth" und dann durch das "Großenriet". Beachten sie die unterschiedliche Schreibweise.

Zwischen den Gärten war es sauber. Dafür sorgten schon die Gartenbesitzer. Für das Großenriet gilt dasselbe wie für andere unbebaute Flächen. Alle Gärten sind in Privatbesitz. Deshalb hat die Stadt kein Interesse daran, dieses große Gelände umzulegen und daraus Bauerwartungsland oder Bauland zu machen. Obwohl die Besitzer seit 50 Jahren darauf warten. Immerhin wäre das Gelände zum bebauen hervorragend geeignet und die Anbindung nach Pforzheim oder Dillstein kein Problem.

Ich ging weiter zum alten Sportplatz (heute ein Jugendzeltplatz) und war überrascht. Auch hier lag nichts herum. Die Betreuer der Jugendgruppen hatten wohl darauf geachtet, dass sie den Platz sauber verlassen.

Nun ging ich weiter hinauf bis zum Hoheneck. Von der alten Burg Hoheneck war nichts mehr zu sehen. Die wenigen Mauerreste, die noch übrig waren hatte die Natur inzwischen total überwuchert.

Heute war mein Sack nur halbvoll und leicht zu tragen. Ich ging den Sophienbergweg hinunter bis zum alten Pförtnerhaus der ehemaligen Papierfabrik. Dort stellte ich meinen Sack an der Straße ab und schaute auf die Uhr. Wieder nur 5 Stunden. Ich musste also immer noch 10 Stunden arbeiten. Ich sag euch was, Sozialer Dienst ist anstrengend.

*

SÜDOSTSTADT

Am nächsten Tag bekam ich meinen neuen Einsatz. Es war die Südoststadt. Allerdings war ich diesmal nicht allein. Ich bekam noch 3 weitere Bedauernswerte zugeteilt, die ebenfalls zum sozialen Dienst verdonnert waren. Paule, Manne und Walter.

Paule war an beiden Armen tätowiert und hatte einen kahl rasierten Schädel. Manne war an allen möglichen Stellen gepierct. An den Ohren, an den Augenbrauen und an den Lippen. Als er den Mund öffnete, sah ich, dass auch seine Zunge gepierct war. Ich musste mich schütteln und dachte, an welchen Körperstellen ist der wohl noch gepierct. Aber so genau wollte ich das nicht wissen. Der Dritte, Walter, sah endlich einigermaßen normal aus. Gut er hatte Haare bis zur Hüfte und einen Ziegenbart wie Fu-Man-Chu, aber sonst war er ganz passabel.
Ich fragte alle Drei, wie viele Stunden sie leisten mussten:

Paule: 100 Stunden
Manne: 120 Stunden
Walter: 240 Stunden

Mein Gott dachte ich, was hat Walter wohl angestellt. Aber darüber wurde nicht gesprochen.

Da ich bereits Erfahrung besaß, wurde ich zum Gruppenleiter bestimmt. Welch ein Aufstieg. Hoffentlich würde ich an der Verantwortung nicht zerbrechen.

Wir begannen mit unserer Putzaktion im Westen an der Calwer Straße und arbeiteten uns vor bis zur Landhausstraße im Süden. Links und rechts der Straße lag soviel Zeug herum, dass wir bald unsere Säcke gefüllt hatten. Meine 3 Arbeiter dachten wohl, jetzt ist Feierabend, aber ich hatte noch genügend leere Säcke dabei.

Nun gingen wir den Berg hoch bis zur Tiefenbronner Straße im Osten. Beim Tierpark und beim Ewald-Steinle-Haus war es wieder etwas sauberer.

Nun arbeiteten wir uns den Berg hinunter zur St. Georgen-Steige. Als wir unten ankamen hatten wir wieder volle Säcke. Die stellten wir am Straßenrand ab. Nun konnte ich meine Truppe nicht mehr bremsen. Für heute hatten sie genug. Wir gingen gemeinsam einen trinken. Ich schaute auf die Uhr. Wieder waren nur 5 Stunden vergangen. Na gut, die restlichen 5 Stunden würde ich auf einem Arschbacken ableisten.

*

BUCKENBERG UND HAIDACH

Am nächsten Tag wollte ich meine restliche Strafe ableisten. Der Beamte gab mir wieder meine neuen Kumpel mit. Außerdem einen kleinen Handwagen und viele blaue Säcke. Dann zeigte er uns das Einsatzgebiet: Buckenberg und Haidach. Deshalb also der Handwagen.

Wir begannen mit unserer Putzete im Westen am Schoferweg. Hier lag nicht viel herum. Das fing ja gut an. Dann gingen wir in nördliche Richtung bis zur Kaulbachstraße. Hier war es schon chaotischer.

Mit meiner Truppe arbeitete ich mich bis zum Haidacher Talweg im Osten vor. Inzwischen hatten wir schon mehrere volle Säcke auf dem Handwagen.

Dann gingen wir weiter Richtung Süden bis zum Naturschutzgebiet Mangerwiese-Wotanseiche und schließlich bis zum Spitalwald. Hier war unser Einsatz zu Ende. Tatsächlich hatten wir im Naturschutzgebiet den meisten Müll gefunden. Zigarettenschachteln. Verpackungen von Sixpacks. Leere Wodkaflaschen und sogar Tüten mit vollgeschissenen Windeln. Das war wohl der ekelhafteste Einsatz und wir hatten uns eine Pause redlich verdient.

*

Auf in den Süden

Inzwischen war es Herbst geworden und die Nächte wurden kälter. So langsam wurde es ungemütlich und es war Zeit, die Reise in den Süden anzutreten. Leider hatte ich für die Bahnfahrt kein Geld, deshalb musste Plan B herhalten.

Ein Bekannter von mir – Erwin - arbeitete als Fernfahrer. Er fuhr mit seinem Truck die Strecke Irland – Sizilien und wieder zurück. Aus Irland brachte er Fleisch nach Sizilien und aus Sizilien nahm er Südfrüchte, vorwiegend Zitronen, mit nach Irland. Eine Strecke dauerte 5 Tage.

Erwin versprach, mich mitzunehmen und wir trafen uns am Rastplatz an der Autobahn. Da die Trucker meistens allein unterwegs waren, nahmen sie gerne einen Fahrgast mit. So hatten sie auf dem weiten Weg etwas Unterhaltung. Erwin ging es ebenso und ich hatte auch reichlich zu erzählen.

Unsere Fahrt ging durch Österreich, dann durch Italien auf der Autostrada A1, der Strada del Sole bis nach Neapel. Von dort weiter die Küste entlang bis Reggio di Calabria. Und von da mit der Autofähre nach Messina, wieder die Küste entlang bis Catania. Dort wurde ausgeladen.

Beim Grenzübergang nach Österreich gab es keine Probleme. Wir wurden einfach durch gewunken. Auch der Italienische Grenzer ließ uns passieren.

Erwin war ein lustiger Vogel und hatte so einige Sprüche drauf. Als wir einen anderen Truck überholen wollten, musste er nach einem Kilometer die Aktion abbrechen, Der andere Truck war einfach zu schnell. Trocken kommentierte Erwin:

*Will das Überholen nicht gelingen,
denk an Götz von Berlichingen.*

Nach einiger Zeit wurden wir von einem Renault überholt. Am Steuer saß eine blonde Frau. Wieder kommentierte Erwin:

*Gott schütze mich vor dicken Frauen
und Autos die Franzosen bauen.*

Und wenn Erwin eine Frau sah kam sein Lieblingsspruch:

Aufgepasst, meiner ist 18 Meter lang.

Unterwegs fragte ich Erwin:

Hattest du auch schon mal einen Unfall?
Natürlich. Ich war gerade so schön in Fahrt, habe die Zeitung gelesen, in der linken Hand eine Zigarette und in der rechten

Hand einen Becher Kaffe, da klingelte plötzlich das Handy. Im Krankenhaus bin ich dann wieder aufgewacht.

Ich sah ihn von der Seite an. Hatte er einen Witz gemacht? Aber er lachte überhaupt nicht. Deshalb war ich erleichtert, als wir endlich in Sizilien waren. Auch dort hatte ich Bekannte. Ich war ja nicht zum ersten Mal da. Aber diesmal war alles anders. Durch die vielen Einwanderer aus Afrika wurde es auf den Straßen immer schwieriger, etwas zu erbetteln, oder gar Geld zu verdienen. Die Afrikaner beherrschten ganz Sizilien. Auch das Wetter hatte sich verändert. Inzwischen wurde es auch im Süden immer kälter und manchmal fiel sogar Schnee. Das hatte wohl mit dem Klimawandel zu tun.

Nun überlegte ich ernsthaft, mein Leben als Berber aufzugeben und sesshaft zu werden. Dazu musste ich aber wieder zurück nach Deutschland. Ich hatte eine Idee. Im Sommer war ich ziemlich braun geworden und mit meiner Kleidung konnte ich sicher als Einwanderer oder als Asylant durchgehen. Ich vernichtete meinen Ausweis und legte mir einen neuen Namen zu: Omar Samura.

Mein Bekannter hatte inzwischen eine weitere Tour hinter sich und war wieder in Catania eingetroffen. Er nahm mich gerne mit.

Da ich nun keine Papiere mehr hatte musste ich mich am Grenzübergang in der Kabine verstecken. Die Grenzer waren zu faul, um im Führerhaus nachzusehen. So kam ich nach Österreich.

An der Grenze zu Deutschland gab es jedoch Probleme. Der österreichische Grenzer hatte mich entdeckt und wollte meinen Ausweis sehen. Ich hatte im Geldbeutel noch einen alten Zehnmarkschein, den zeigte ich vor:

Das ist ein altes Foto, da habe ich noch lange Haare und Dauerwelle.

Der Ösi schaute misstrauisch, drehte den Schein um und meinte:

Geh, wuist mi verarschen? Des is a Segelschein. Hau bloß ab, i will de in Österreich net mehr sehen.

Und so kam ich nach Deutschland zurück.

*

Epilog

In Stuttgart meldete ich mich beim Ausländeramt im Landratsamt und erklärte in gebrochenem Deutsch, dass ich aus Sierra Leone komme und um Asyl bitte. Mein Name sei: Omar Samura.

Der Beamte erklärte mir, dass ein Asylverfahren langwierig und kompliziert sei. Er leitete meinen Antrag jedoch weiter an das Bundesamt für Migration und Flüchtlinge in Nürnberg. Er verwies mich an die nächste Aufnahmeeinrichtung, dort würde für meine Unterbringung gesorgt werden.

Es war wie ein Traum. Ich bekam eine kleine 1-Zimmer-Wohnung mit Dusche und Küche. Sogar eine Toilette war vorhanden. Vom Roten Kreuz bekam ich sogar Möbel. Kleiderschrank, Bett, Tisch und Stühle. Und von sozialen Einrichtungen bekam ich Gutscheine mit denen ich weiteren Hausrat einkaufen konnte. Waschmaschine, Staubsauger, Mikrowelle, Töpfe und Pfannen, Geschirr und Besteck und so weiter.

Vom Amt bekam ich jeden Monat eine kleine Summe zum Lebensunterhalt. Ich hatte ja gelernt, mit wenig Geld auszukommen. Das wichtigste aber war: ich durfte nicht arbeiten. Ich kam mir vor, wie im Paradies.

Deutschland ist ein schönes Land.

Nachdem es mir so einige Monate gut ging bekam ich plötzlich einen amtlichen Bescheid. Ich sollte mich um die Deutsche Staatsbürgerschaft bewerben. Dem Schreiben war ein Wissenstest beigefügt.

Erst war ich schockiert, dann las ich die 33 Fragen durch. Für einen Deutschen waren die einfach zu beantworten. Aber ich war ja ein Ausländer.

Für eine erfolgreiche Einbürgerung musste ich 17 der 33 Fragen beantworten. Bei jeder Frage gab es 4 Antwortmöglichkeiten, von denen aber nur eine richtig war. Ich durfte auf keinen Fall alle Fragen richtig beantworten. Das hätte mich gleich verdächtig gemacht. Aber ich wollte auch nicht eingebürgert werden. Als Deutscher hätte ich ja arbeiten müssen.

Ich füllte den Test so aus, dass ich 16 Fragen richtig beantwortete. Nach einigen Tagen kam der Bescheid, ich hätte den Test nicht bestanden. Ich könnte also kein Deutscher werden und würde weiter Asylant bleiben. Das Leben ist schön.

Ende

3 Obdachlose
6 Prolog
7 Charly der Berber
9 Der Nasenbär
12 Mein Dillweißenstein
23 Im Stadtgarten
36 Südstadt
48 Prospekte verteilen
56 Nochmal Dillweißenstein
60 Oststadt
64 Benckiser Park
66 Nordstadt
72 Brötzinger Gass
78 Weststadt
80 Brötzingen
83 Die Mess
86 Zentrum
93 Sedanplatz
97 Wallberg und Wilferdinger Höhe
102 Markt
104 Vesperkirche
108 Südweststadt
115 Kupferhammer
119 Ärzte
122 Krankenhaus
124 Emma
127 Die Au
129 Blumenhof
134 Sozialer Dienst
137 Hämmerlesberg
139 Südoststadt
141 Buckenberg und Haidach
142 Auf in den Süden
146 Epilog